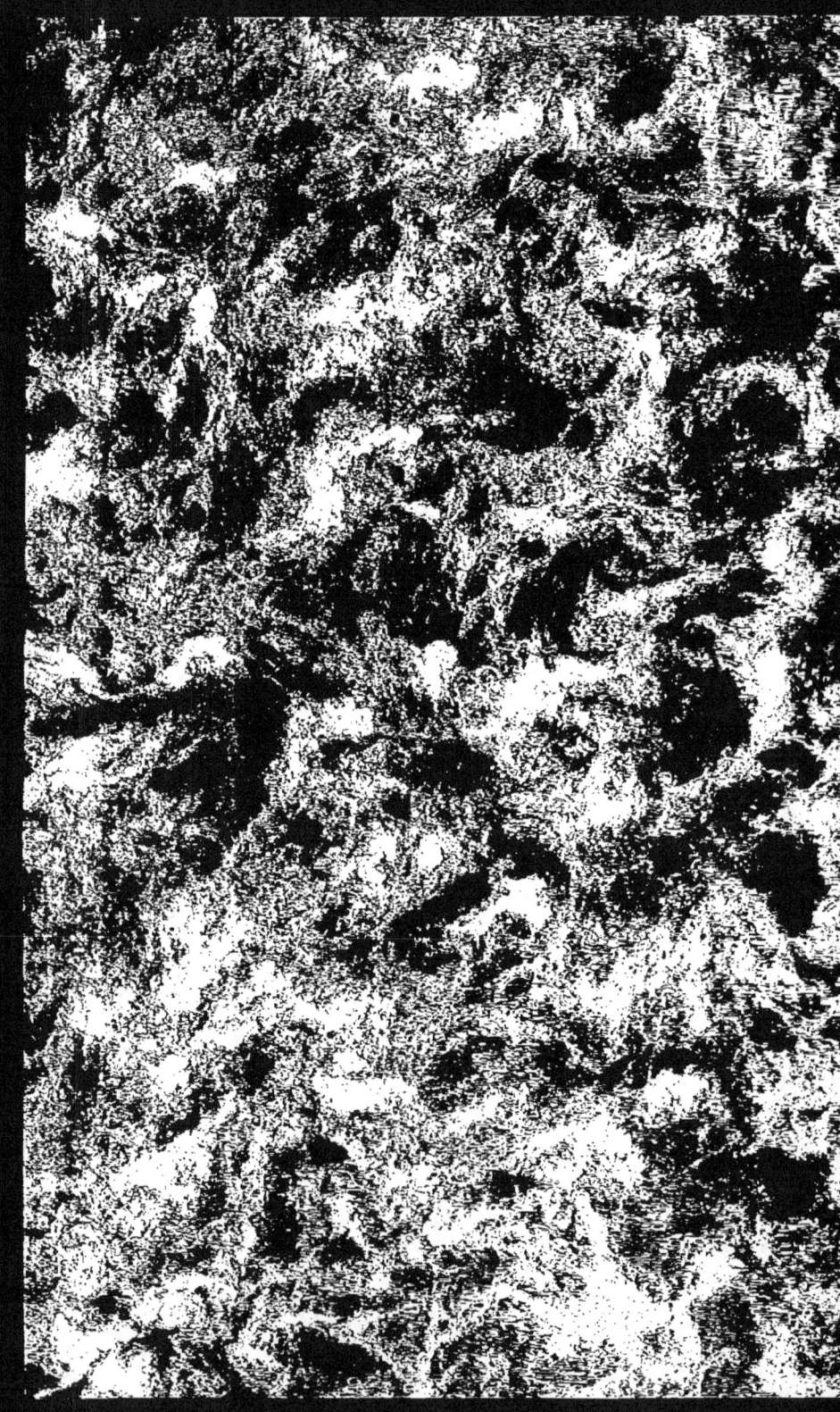

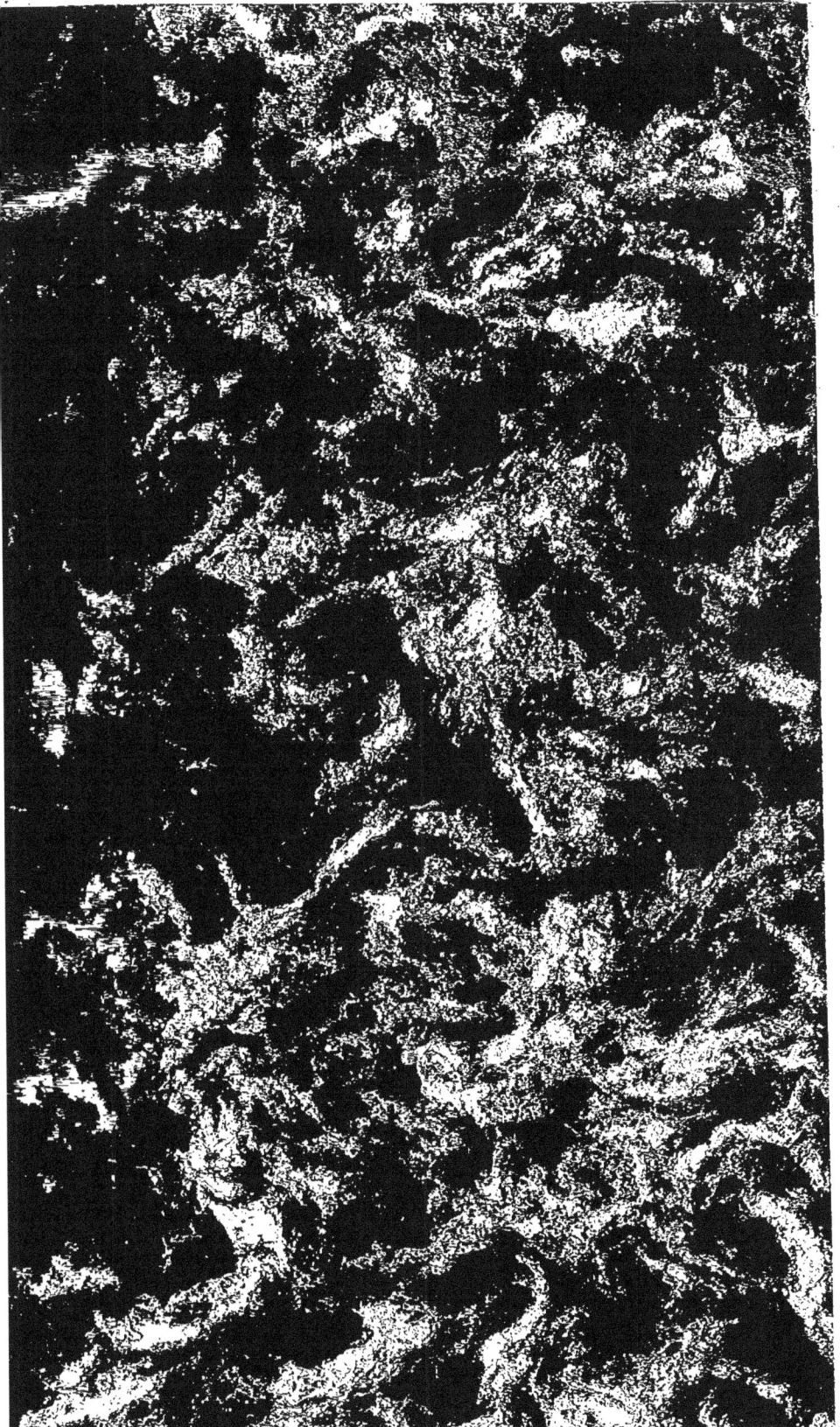

FERRET GUIONIE 1983

BIBLIOTHÈQUE ROSE ILLUSTRÉE

LE SECRET
DE LAURENT

PAR

Mme DE STOLZ

OUVRAGE ILLUSTRÉ DE 32 VIGNETTES
PAR SAHIB

PARIS
LIBRAIRIE HACHETTE ET Cie

79, BOULEVARD SAINT-GERMAIN, 79

PRIX : 2 FRANCS 25

LE SECRET

DE LAURENT

1095

AUTRES OUVRAGES DE MME DE STOLZ

Quatorze jours de bonheur. 1 vol. illustré de 45 vignettes, par BERTALL.

Les vacances d'un grand'père. 1 vol. illustré de 40 vignettes, par G. DELAFOSSE.

Les poches de mon oncle. 1 vol. illustré de 20 vignettes, par BERTALL.

Par-dessus la haie. 1 vol. illustré de 56 vignettes, par A. MARIE.

La Maison roulante. 1 vol. illustré de 20 vignettes sur bois, par É. BAYARD.

Le Trésor de Nanette. 1 vol. illustré de 25 vignettes, par É BAYARD.

Blanche et noire. 1 volume illustré de 54 vignettes, par É. BAYARD.

Le Vieux de la forêt. 1 vol. illustré de 40 vignettes, par SAHIB.

21782. — Typographie Lahure, rue de Fleurus, 9, à Paris.

LE SECRET

DE LAURENT

PAR

Mᵐᵉ DE STOLZ

OUVRAGE ILLUSTRÉ DE 32 VIGNETTES

PAR SAHIB

PARIS

LIBRAIRIE HACHETTE ET Cⁱᵉ

79, BOULEVARD SAINT-GERMAIN, 79

1878

LE SECRET

DE LAURENT

CHAPITRE PREMIER

L'Enfant pâle.

Avez-vous connu, lecteur, les embarras de la rue du Bac, la grande artère du faubourg Saint-Germain avant l'existence du boulevard? Tous les jours d'hiver, à quatre heures, on eût dit que Boileau, par une vue prophétique, avait fait poser devant lui les charrettes, les voitures, les cavaliers et les piétons qui s'y disputaient le pas-

sage. Quand il pleuvait, les obstacles s'aug-
mentaient de tous les parapluies, doublés de la
mauvaise humeur de ceux qui les portaient. On
se choquait, on s'accrochait, on se fâchait. Cela
durait jusqu'à sept heures, moment fortuné où
chacun oubliait son voisin dans les douceurs d'un
excellent potage.

Un jour donc, par un temps pluvieux et détes-
table, une jeune femme, d'un gracieux aspect,
entra vers cinq heures chez un grand papetier
de la rue du Bac, c'était une marquise. Elle
apparut sans bruit, sans grands airs, sans flux
de paroles, avec une assurance modeste, et demanda tout simplement un paquet d'enveloppes.
Elle avait un costume de fort bonne compagnie,
n'attirant les yeux ni par la couleur, ni par la
forme, et portant ce qu'on appelle le cachet
du faubourg Saint-Germain; rien de préten-
tieux, rien de trop hardi, ni de trop nouveau.
Le gris de lin se mariait au noir et au blanc;
de fines dentelles se jouaient également sur une
espèce de je ne sais quoi, chef-d'œuvre de goût
destiné, paraît-il, à couvrir la tête et qui ne la
couvrait pas. Elle avait le pied mince, la main
étroite, les doigts longs, les attaches fines, un
visage régulier où se peignait la bonté, une
bonté de grande dame qui a trop d'esprit pour
être fière.

On s'empressa de la faire asseoir, et l'on mit à la servir beaucoup de politesse. Un commis présenta plusieurs paquets d'enveloppes, longues, carrées, de toute forme et de toute grandeur. La marquise les regarda sans plaisir et les toucha du bout des doigts d'un air indifférent, bien que le commis affirmât d'un ton sérieux que ces enveloppes étaient jolies et bien faites. Peine perdue ! La dame ne se laissait pas prendre aux habiles discours, ce que voyant le maître du magasin, il s'approcha tenant à la main le paquet dont nous osons écrire l'histoire et dit simplement : « Madame, voilà ce qui se fait de mieux. » Les yeux de la jeune femme s'arrêtèrent sur ces enveloppes ; ses doigts délicats, sortis pour un moment de leur joli étui de peau de chevreau, les touchèrent avec satisfaction, et elle s'informa du prix, selon l'usage, mais toute décidée d'avance à en faire l'acquisition. Le commis les entoura, sans beaucoup de précaution, d'un papier gris, et la marquise les ayant mises dans son manchon déposa à la caisse une pièce d'argent, salua poliment la maîtresse du magasin et sortit.

Elle n'avait pas fait cent pas sous la pluie, en remontant la rue du Bac, que l'omnibus allant à Vaugirard rencontra celui qui en revenait, tandis qu'un lourd tombereau occupait le côté droit de la rue, et qu'un coupé embarrassait le côté

gauche ; ajoutez une voiture à deux chevaux sortant d'un hôtel, plus une douzaine de personnes,
portant parapluie, et se trouvant nez à nez sur
le trottoir, vous comprendrez comment la marquise, légèrement effrayée, fit un mouvement ré-
trograde et peu raisonné ; ce mouvement imprima
à son parapluie un autre mouvement, encore
moins raisonné, qui ébranla par contre-coup le
manchon et le contenu.

L'embarras étant fort compliqué, le charretier
jura, ce qui n'arrangea rien ; les cochers se di-
rent quelques gros mots ; la roue d'un des omnibus s'engagea dans celle du coupé, dont le cheval
se cabra ; le parapluie incivil d'un monsieur fort
poli accrocha la dentelle du prétendu chapeau de
la marquise ; celle-ci porta instinctivement la
main à la tête, et cette main étant précisément
celle qui tenait le manchon, le paquet d'enveloppes s'échappa du papier gris mal assujetti,
et, la bande constellée d'or qui l'entourait comme
une ceinture s'étant rompue, il fut jeté dans le
vide et livré aux horreurs du hasard. La plupart
furent, hélas ! précipitées dans une boue noire et
liquide ; mais, par le sentiment instinctif de la
propriété, la plus jolie main du monde s'étendit
vers les victimes, et put en sauver quelques-unes
avant qu'elles fussent tombées pour toujours
dans la honte et l'oubli, ou broyées impitoya-

blement sous les énormes roues du tombereau.

Cependant, trois de ces enveloppes fines et
satinées eurent la bonne fortune de rencontrer
des obstacles qui retardèrent leur chute. Une
petite main, maigre et nue, les saisit avec adresse,
c'était la main d'une enfant pâle qui sortait d'une
école voisine. Elle les réunit avec de grandes pré-
cautions et dit tout bas, en les présentant à la
marquise : « Voilà, madame. »

La belle dame, qui ne savait plus que devenir
au milieu de tous ces contre-temps, prit le parti
d'entrer sous une porte cochère pour laisser le
charretier jurer tout à son aise. Mettant sans
cérémonie dans sa poche les enveloppes préser-
vées du désastre, elle oublia instantanément la
scène populaire, qui d'ailleurs n'avait rien de
joli, pour ne plus voir que le pâle et sérieux
visage de l'enfant.

Une expression toute particulière adoucissait
le regard franc de cette petite fille. Elle devait
appartenir à quelque famille pauvre, mais esti-
mable. On sentait des traditions de respect et de
bonne éducation dans ses mouvements, dans
ses poses. La jeune dame était bonne et bien-
veillante. L'étrangeté de la situation ne l'empê-
cha pas de plonger son regard jusqu'au fond de
ce petit être, que la Providence rapprochait

d'elle par un de ces hasards divins dont se détournent les âmes légères.

« Vous avez donc arrêté au passage trois de mes enveloppes? dit-elle à l'enfant qui les lui présentait.

— Oui, madame.

— Eh bien, gardez-les. Vous savez écrire?

— Oui, madame, mais elles sont trop belles pour moi ; je n'oserais jamais m'en servir.

— Quel âge avez-vous, ma petite?

— Madame, j'ai neuf ans.

— Comment vous nommez-vous?

— Marie Dubreuil.

— Vous demeurez dans ce quartier?

— Oui, madame, sur Saint-Thomas d'Aquin. Voilà notre maison, cette petite porte verte. »

Pendant que l'enfant répondait d'un ton modeste, la marquise remarquait le costume significatif qu'elle portait. Comme elle avait, par précaution, relevé son tablier pour mettre à couvert ses trois enveloppes, on voyait tout le devant de sa robe, parfaitement propre, mais raccommodée si souvent que, à cet endroit ordinairement caché par le tablier, les morceaux étaient de diverses nuances. Marie portait un petit bonnet de tulle noir, et ses gros souliers tout usés avaient encore été cirés le matin. C'était la pauvreté honorable et combattue, et

Voici vos enveloppes, Madame.

non la hideuse misère, doublée du désordre, plus
hideux encore.

Comme tout finit en ce monde, même les embarras de la rue du Bac, à quatre heures, la
jeune femme aurait pu continuer son chemin;
cependant la petite fille l'intéressait trop pour
qu'elle ne désirât point savoir d'elle quelque
chose de plus.

« Ma bonne petite, êtes-vous souffrante? Je
vous trouve bien pâle.

— Oh! nous sommes toujours pâles, nous
autres.

— Combien êtes-vous à la maison?

— Papa, maman, et moi; mon petit frère est
mort.

— Qu'est-ce qu'il avait donc votre petit frère!

— Il était trop pâle.

— Marie, écoutez-moi bien : quand le bon
Dieu fait rencontrer à une dame une petite fille
sage et polie, ce n'est pas pour rien. Je veux que
vous gardiez ces enveloppes, et que vous m'é-
criviez trois fois.

— Oh! madame, j'écris trop mal!

— Cela ne fait rien. Demain, vous m'écrirez
pour la première fois, et vous me direz pourquoi
vous êtes tous pâles ; je veux le savoir. Ce n'est
pas par curiosité, c'est parce que je veux vous
rendre des couleurs ; entendez-vous, Marie? »

L'enfant pâle leva sur la jeune dame ses grands yeux calmes, et le plus pur sourire vint illuminer son visage souffrant. Elle accepta, tout étonnée, une belle carte de visite, sur laquelle étaient écrits le nom et l'adresse de sa protectrice, puis on se sépara. L'enfant rentra dans sa maison, par la petite porte verte, et la marquise prenant sur la droite la rue de Varenne, regagna son hôtel.

On sentait le bien-être d'une existence facile rien qu'en entrant dans la cour de cette antique et splendide demeure. Le péristyle à colonnes, l'escalier de pierre à la rampe sévère, au tapis moelleux; la vestale voilée, soutenant de son bras de bronze une torche, tout accusait la gravité des pères et le confort moderne. Peut-être la marquise habituée à cette largeur ne la remarquait-elle pas; cependant elle soupira en montant l'escalier; ce soupir pouvait se traduire ainsi : Comme elle est pâle ! Et combien elle et ses parents se trouveraient heureux à ma place !

C'était le premier étage que la jeune femme occupait. Antichambre vaste et bien éclairée, salle à manger, le salon, la chambre à coucher principale, dont les rideaux et les fauteuils étaient couleur havane et bleu de ciel; et, tout à côté, le plus délicieux boudoir. Chaque objet y était élégant, choisi. La Chine et le Japon avaient fait presque tous les frais; la grâce parisienne, le reste.

On voyait dans l'embrasure de la fenêtre un bureau. Sur ce bureau un buvard fermé portant, écrit en lettres d'or, ce nom sympathique : *Espérance.* Les enveloppes sortirent alors de la poche qui leur avait servi de retraite; leur résidence devait être désormais celle que la jeune femme aimait de préférence, c'est-à-dire le boudoir havane. Hors de là, la marquise se prêtait seulement, et c'était avec une entière nonchalance qu'elle parcourait le reste de son appartement, complété par quelques pièces sur les jardins. Tout cela n'avait plus le même charme que huit ans plus tôt, époque joyeuse où Espérance acceptait de son père le nom du jeune marquis. Il l'avait rendue heureuse, et la mort les avait séparés, sans les désunir. Elle était bien résolue à ne former jamais de nouveaux liens.

Toutefois, son malheur n'était point de ceux que nulle affection ne console. Son père, homme excellent, habitait le rez-de-chaussée de l'hôtel, et une petite fille de sept ans habitait l'hôtel tout entier, tenant de la nature une rapidité de mouvements qui lui permettait d'être à peu près partout en même temps.

La marquise, après avoir ôté sa jolie toque fantaisiste, jouant le chapeau, prit ses enveloppes, les regarda complaisamment, et les compta ; elles étaient en petit nombre : cinq seulement. A ce moment, le général entra, suivi de sa petite-fille, suivie elle aussi de son joli épagneul. Ayant appris d'Espérance les bruyantes aventures de la rue du Bac, il s'intéressa aux enveloppes sauvées du naufrage, en prit deux et dit gaiement à sa fille :

« Je t'écrirai deux lettres et je te dirai dans ces lettres le fond de ma pensée. »

La petite Alice s'intéressa elle-même aux naufragées et sollicita la faveur d'en posséder une, bien qu'elle ne sût pas encore écrire ; son désir fut satisfait.

Réunissant celles qui restaient, Espérance dès qu'elle fut seule les enferma dans un tiroir de son bureau, son meuble favori. Ce bureau était un ensemble charmant de bois de rose, de velours bleu, d'ornementations fines et capricieuses. Du tiroir en question s'échappait un parfum que l'on aurait cru apporté sur les brises de l'Orient et qui pénétrait toute chose. Dans ce petit sanctuaire étaient les secrets, l'intime ; des lettres d'amitié reçues par la marquise à différentes époques ; quelques-unes dataient de l'enfance et jamais la jeune veuve n'ouvrait ce tiroir sans plaisir.

Espérance n'était pas une femme forte, c'était

une femme bonne et droite ; mais l'imagination
la dominait au point de se rendre absolument
maîtresse du logis, ce qui ne devrait jamais arriver dans le logis de personne puisque l'imagination n'est, après tout qu'une pauvre folle, dan-
gereuse même, si elle n'est dominée par le bon
sens.

Or, il y a folie et folie. Ici, l'imagination ne se
permettait, au dehors, aucune extravagance.
Espérance était grave d'aspect et d'allures, sobre
de paroles, sage toujours autant que digne ; vrai
type de l'ancienne éducation, modifiée par l'aisance et le brillant de nos jours. Mais, dans le
tête à tête, quand elle se retrouvait devant son
bureau, dans son cher boudoir, en face de son
imagination, il n'y avait sortes d'absurdités que
la folle ne lui contât ; et l'adresse qu'elle y mettait donnait si bien le change à la raisonnable
marquise, qu'elle se croyait parfois la plus malheureuse des femmes. Pourquoi? Parce qu'elle
avait passé une heure à rêver, à écouter la pauvre folle qui, n'étant pas méchante, ne lui causait nulle frayeur et lui plaisait plus que toute
autre société.

Le père de la veuve était un loyal gentilhomme, plein d'une bonhomie toute gauloise, et
porté à se méfier des chimères. Il aimait tendrement sa fille ; mais il l'aimait à sa manière, en

riant, en plaisantant. Il croyait bien faire en se
moquant des illusions, et s'efforçait de jeter dans
la vie de la marquise toutes les compensations
possibles; lui conseillant de jouir avec reconnaissance de ce qui lui restait : son enfant, son père,
une famille, de vieux amis qui l'aimaient sans
intérêt. Il y avait un point sur lequel le général
et sa fille ne s'entendaient pas. Il avait bravé le
fer et le feu dans les camps, mais ses belliqueux
souvenirs ne l'empêchaient pas de mourir de
peur quand il se trouvait seulement cinq minutes en présence d'une puissance sans forme,
sans âge, sans contours arrêtés : l'imagination.
Cette folle lui causait de l'effroi quand il la ren-
contrait chez sa fille. Alors, pour n'avoir pas
l'air de la craindre, il parlait haut et d'un ton
brusque ou ironique. Espérance prenait parti
pour l'insensée, et finissait par verser d'inutiles
larmes, se figurant que son excellent père ne la
comprenait pas. C'était, il est vrai, l'homme le
plus positif qui se trouvât sur la rive gauche
de la Seine à cette époque.

La jeune veuve avait laissé envahir son existence par le vague des pensées, et par une sen-
sibilité nerveuse qui la portait à fuir tout contact pénible, de peur de souffrir; à s'exagérer
ses propres ennuis, et à se préoccuper beaucoup
trop d'elle-même. C'est pourquoi elle aimait tant

son boudoir où, loin de toute sujétion, de tout travail utile, elle retrouvait l'imagination qui la plaignait si haut, non-seulement de ses peines, mais de ses moindres contrariétés.

Souvent la petite Alice entrait, sa poupée entre les bras, s'approchait du bureau; mais bientôt elle entendait une voix, toujours il est vrai douce et gracieuse, dire : « Va, ma chérie, tu es bien gentille, mais je suis si occupée! Va jouer, va là-bas, dans la salle à manger, ou dans la chambre de ta bonne; j'ai besoin d'être seule. »

« Toujours seule ! » disait l'enfant avec tristesse, et elle s'en allait là-bas, comme on le lui avait dit; et là-bas elle apprenait à moins aimer sa mère, qui se mettait si peu en rapport avec sa petite fille.

Un matin, trois jours après la scène de la rue du Bac, un jeune domestique apporta sur un plat d'argent une lettre dont l'enveloppe était fine, satinée, coquette. C'était une de celles qu'avait sauvées l'enfant pâle; mais les brises de l'Asie ne l'avaient point imprégnée d'un parfum exquis. Cette seule nuance lui donnait un cachet de simplicité bourgeoise que les autres n'avaient point. Elle ne portait aucun timbre et avait évité les formalités et les lenteurs de la poste. L'adresse était écrite en caractères peu formés, qui pourtant accusaient une forte application. Quoi

qu'il en fût, la main qui avait tenu la plume
semblait n'avoir aucune idée de la ligne horizon-
tale. La marquise sourit en lisant son nom tracé
à grand'peine, et se souvint de la pauvre petite
à qui elle avait dit : « Vous m'écrirez trois fois. »

A la vérité, Espérance avait déjà oublié ce
qui s'était passé. L'imagination était en elle trop
envahissante pour laisser longtemps place à la
réalité ; et pourtant, la réalité, c'était en ce moment une petite fille de neuf ans, toute malheureuse, et qu'on pouvait consoler.

Qu'y avait-il sous cette enveloppe ? Ah ! bien
des secrets se cachent sous ces discrètes messa-
gères. Les caractères de l'alphabet, tracés dans
un certain ordre, au moyen d'une liqueur noire,
sur une feuille de papier blanc, ce peu suffit pour
envoyer joie ou douleur, haine ou amour, au
delà de l'Océan. Et c'est sous une enveloppe que
l'on cache cette feuille, reflet d'une âme. Ne dirait-
on pas que ces voyageuses, amies du mystère,
sentent la hauteur de leur mission ? Elles ne
livrent jamais leur secret sans qu'il y ait eu bri-
sement, déchirure. Elles semblent redouter l'œil
de l'étranger, du mercenaire, du traître ; et c'est
après avoir résisté, jusqu'à l'immolation, qu'elles
nous laissent arracher par la force cette parole
écrite, destinée à passer d'un cœur dans un autre.
Un peu de gomme, qui de l'Arabie vient toucher

leurs lèvres, c'est ordinairement leur défense contre l'attaque; et pour assurer leur discrétion il n'est besoin ni de cire bouillante, ni de fastueux emblèmes.

La marquise avait des mouvements très-doux. Sans empressement, sans brusquerie, elle avisa un charmant couteau d'ivoire et s'y prit si adroitement que, sans défigurer la belle enveloppe qu'avait aimée Marie, elle lui fit livrer passage à une feuille de papier, dont l'origine plébéienne contrastait avec la physionomie toute patricienne de la blanche messagère.

Espérance fut saisie d'une aimable curiosité à la vue de ce papier, sur lequel deux de ces énormes taches, si improprement appelées *pâtés*, figuraient très-honteuses. Appuyant légèrement son coude sur le bureau, elle lut, non sans hésiter, car l'écriture et l'orthographe laissaient beaucoup à désirer.

« Madame,

« Je n'osais pas vous obéir parce que j'écris trop mal, et parce que j'avais peur de faire de la peine à papa et à maman qui ne disent jamais à personne pourquoi nous sommes pâles. Mais quand je suis allée à l'école, rue Saint-Guillaume, j'ai raconté à ma sœur Euphrasie ce qui m'est arrivé et elle a dit que c'était la Providence qui

2

avait fait un embarras d'omnibus exprès, et qu'il fallait vous écrire tout de suite et vous dire la vérité. La Sœur m'a permis de faire ma lettre pendant la classe, à la place de ma page.

« Voilà : papa n'est pas un pauvre, mais il est bien pauvre tout de même. C'est un ouvrier menuisier ; il ne travaille que quand il n'a pas mal dans le dos, et il a presque toujours mal dans le dos : alors maman, qui coud pour un magasin, ne peut pas faire assez pour que nous mangions toujours à notre appétit. Et puis elle est si fatiguée ! Moi, je suis trop petite ! je leur coûte beaucoup, et je ne leur gagne rien. Quand je serai grande, ils ne seront plus pauvres ; mais je n'ai que neuf ans, et ma sœur Euphrasie dit que si je continue à être trop mal nourrie, je ne ferai pas une bonne ouvrière. Elle m'aime bien et je l'aime bien aussi.

« J'ai fini mon papier, adieu, madame, je suis bien fâchée des pâtés.

« MARIE DUBREUIL. »

La marquise posa sur le bureau la lettre de l'enfant pâle et, cachant son visage dans ses mains, elle se demanda comment il pouvait y avoir si près d'elle une famille aussi affligée, tandis qu'elle-même osait se plaindre de son sort ? C'étaient donc ce qu'on appelle des pauvres honteux, de ceux qui se dérobent aux regards, parce que le passé de leur famille ne leur montre que d'honorables labeurs, et non une main tendue à l'étranger. Il y avait là quelque chose à faire. Espérance le sentait. Elle relut la lettre de l'enfant pâle, et loin de la laisser errer à l'aventure comme un papier insignifiant, elle entr'ouvrit le tiroir intime, et y glissa la lettre de Marie, toujours dans son enveloppe.

Revenons un moment sur nos pas pour faire connaissance avec Marie Dubreuil, et savoir en même temps par quelles circonstances avait passé l'enveloppe avant de tomber dans le mystérieux tiroir.

Nous avons déjà vu l'enfant pâle entrer par une porte basse dans une maison d'assez pauvre apparence. Elle traversa la cour et pénétra dans un local assez laid, qu'elle appelait l'atelier de son père, et où se trouvait un établi et des outils de menuisier. C'était là, dans cette espèce de remise, que Dubreuil travaillait, quand il en avait la force. La chère petite se hâta de raconter à ses parents une partie de ce qu'elle venait de voir et d'entendre, et à la fin de son discours, elle étala pompeusement ses trois jolies enveloppes, presque sans les toucher, de peur de nuire à leur fraîcheur.

Marie paraissait être le seul bien, la seule richesse, de ce logement sans soleil, composé de l'atelier, d'une grande chambre et d'un petit cabinet où tenait bien juste le lit de l'enfant, le tout entretenu d'ailleurs avec une remarquable propreté.

Le menuisier, jeune encore, était fort malade. Ce jour-là, il regardait par instant son établi comme découragé par sa propre faiblesse. Depuis longtemps il ne pouvait plus aller chez le patron. Celui-ci par estime, autant que par compassion, lui donnait à faire des boîtes d'un travail peu fatigant, de petites caisses à chapeau, tous articles de magasin que l'ouvrier n'était pas obligé de livrer à jour fixe. C'était un secours, mais bien insuffisant. Ce gain inégal ne permettait aucune dépense régulière. On mangeait tantôt mal, tantôt mieux, presque jamais assez.

Marguerite, la femme du menuisier, était de faible constitution. Un bon régime eût été nécessaire pour lutter contre sa lenteur maladive. Elle se sentait tous les soirs épuisée, parce qu'elle avait été au bout de ses forces. Et cependant, ayant peu de temps à consacrer à la couture payée, il n'en résultait que quelques sous pour acheter du pain.

Marie était l'ange de ce foyer respectable où le blasphème était inconnu, où même on ne murmurait pas. On se plaignait le moins possible, toujours entre soi, et encore à voix basse.

Les Dubreuil avaient une seule faiblesse, un peu trop de fierté. Ils voulaient qu'aucun étranger ne soupçonnât leur détresse. Tout était calculé pour sauver du moins les apparences. Cette unique faiblesse, née d'un fond de dignité, était d'autant plus excusable, de la part de l'ouvrier que, atteint d'une maladie de poitrine, il vivait d'illusions, et disait souvent à son enfant : « Laisse faire, quand le père sera guéri, il travaillera dur ! Tu seras mieux nourrie, la mère aussi, et je verrai revenir tes belles couleurs roses. Et puis je vous achèterai à toutes deux une belle robe pour vos dimanches, et l'on ira se promener aux Champs-Élysées ! »

Quand il parlait ainsi, Marie regardait sa mère d'un œil plein de tristesse. Ces deux cœurs se comprenaient déjà. Comme l'enfant avait toujours eu de la peine, elle était plus sensée que les petites filles ne le sont généralement à neuf ans.

Quand Marie eut fini de raconter les embarras et la rencontre, elle se garda de répéter ce mot bienveillant de la belle dame : « Vous m'écrirez trois fois. » Son tact naturel lui faisait pressentir qu'il y avait là une ressource ménagée par Celui qui veille sur le pauvre, et qu'il fallait craindre de tout entraver par une indiscrétion. Pour la même raison, elle ne montra point la carte de la marquise. Cet innocent secret était le premier qu'elle eût pour ses parents; son excuse était dans les conditions exceptionnelles où l'on se trouvait.

La prudente Marie ouvrit une petite caisse à compartiments, que son père lui avait faite pour ses étrennes, et y déposa ses trois enveloppes. Puis on se disposa à prendre en famille le repas du soir. Marguerite était abattue par l'état de son mari, par sa propre faiblesse et par la pâleur de sa fille. Elle parlait peu, toujours avec douceur, et semblait ce jour-là s'excuser de l'exiguïté du souper.

« Je n'ai presque pas faim, disait-elle en s'efforçant de sourire, cela se trouve bien, vous aurez ma part.

— Moi non plus, maman, je crois que je n'ai pas bien faim, répondait l'ange du foyer, tâche donc de manger un peu. »

A ces paroles délicates, Dubreuil joignait ses perpétuelles illusions :

« Allons, disait-il, en se déridant tout à coup, encore un souper manqué; ce n'est pas le premier ! Bah ! une fois l'hiver derrière nous, je reprends mon travail chez le patron. Ma femme, tu nous régaleras tous les jours?

— Oui, mon bon ami. »

Quand fut arrivé, après ce triste et insuffisant repas, le moment du coucher, Marie, retirée dans sa chambrette de deux mètres carrés, rouvrit sa boîte pour revoir ses trois enveloppes. Sentir avant l'oubli du sommeil le besoin de l'adieu, c'est bien le propre d'une tendre affection. Elle veillait sur ce petit trésor, s'inquiétait sans raison, se donnait beaucoup plus de peine qu'il n'était nécessaire, c'est tout cela qu'on appelle aimer.

Une fois couchée, la gentille Marie ne pouvait s'endormir, tant lui paraissait grand le projet qu'elle roulait dans sa petite tête. La belle dame avait dit : « Écrivez-moi tout de suite. » Mais comment faire? point de papier; ni plume, ni encre. Et puis si ses parents la surprenaient? Pourtant, la détresse ne pouvait être plus grande; on s'était couché ayant faim! Sa résolution fut bientôt prise. Elle se décida à tout confier, dès le lendemain, à sœur Euphrasie et à suivre son conseil.

De grand matin, s'étant éveillée, elle ouvrit sa boîte pour dire bonjour à ses jolies enveloppes, en prit une et la plaça entre les feuillets d'une vieille et vilaine grammaire qu'elle emportait tous les jours à l'école. A huit heures elle se rendit rue Saint-Guillaume, et suivit la classe

avec toute l'attention désirable, sans parler, sans
remuer et sans rire, ainsi que l'exigeait le règle-
ment.

Sœur Euphrasie avait un aspect froid et sévère. Elle parlait peu, et faisait souvent claquer
une sorte de livre en bois, dont chaque coup
signifiait quelque chose : se lever, s'asseoir, etc.
Elle perdait dans le sourire toute sévérité, sa
physionomie prenait alors une expression douce
et presque maternelle.

Marie, toujours sage et studieuse, attendit que
la classe fût terminée, puis saisissant une occasion favorable, elle raconta en quelques mots à
sa bonne maîtresse ce qu'on sait, et pour preuve
montra la carte et sa belle enveloppe, ayant soin
de faire remarquer sa blancheur et d'ajouter
qu'elle en avait encore deux autres tout aussi
jolies.

Après avoir prêté une oreille attentive, sœur
Euphrasie dit positivement à Marie qu'il fallait
écrire dès le lendemain ; qu'elle lui donnerait une
feuille de papier, une plume neuve et du temps.

L'enfant pâle retourna chez ses parents, et, le
croirait-on? quand vint le soir, elle mit son
enveloppe sous son traversin, toujours dans sa
vieille grammaire, et lui raconta tout bas,
comme à une amie, ce qu'elle voulait dire à la
marquise.

Le lendemain, elle partit pour l'école avec empressement. On lui donna une feuille de papier à lettre, et elle s'installa pour écrire avec une application sans pareille. Quand tout fut fait, lettre et pâtés, Marie ouvrit la vieille grammaire, prit l'enveloppe du bout des doigts, avec un respect qui ressemblait à de la vénération, y enferma soigneusement son secret, et, la classe terminée, elle porta sa lettre chez un homme haut et large, tout galonné, qui lui fit l'effet d'un grand personnage. Elle s'étonnait de ce qu'il fût là pour ouvrir et fermer du matin au soir, comme un ressort habillé, la porte de l'hôtel habité par la marquise.

Le personnage ne parut faire aucune attention à cette petite fille en tablier bleu. D'un air distrait, il prit la lettre, comme il aurait pris autre chose. Cependant, il ne put s'empêcher de remarquer la tournure aristocratique de l'enveloppe contrastant avec les caractères indécis qui indiquaient le nom et la demeure de sa maîtresse.

Lorsqu'il eut porté la lettre au premier étage, un jeune valet de pied la mit sur un plat d'argent, et l'apporta à la marquise dans son boudoir, ainsi que nous l'avons vu précédemment.

Espérance, après avoir lu la supplique de sa petite protégée, se trouva beaucoup moins mal-

heureuse et se prit à considérer tous les biens
dont elle jouissait encore : la présence de son
père, celle d'Alice, riche nature dont on pouvait
faire une perle fine. Elle songea aussi, dans
l'ordre matériel, à cet hôtel de famille qu'elle
habitait avec indifférence, tandis que beaucoup
d'autres vivaient dans un espace étroit, presque
sans air, et presque sans lumière. Elle reconnut
qu'elle était servie ponctuellement ; ses gens lui
évitaient toute fatigue à l'intérieur, ses chevaux
la transportaient, au moindre signe, aux extrémités de Paris ; sa table était fournie de mets
recherchés ; enfin une société d'élite la conviait
à ses cercles aimables ; et pourtant elle se plaignait de tout !

Espérance se reconnut coupable d'ingratitude ;
car son malheur, réel et irréparable, était adouci
par le sentiment maternel, le sentiment filial,
et tout le bien-être désirable. A Paris, on l'aimait ; et quand elle partait pour sa terre de
Bretagne, les bonnes gens qui l'avaient connue
toute petite venaient à sa rencontre et lui faisaient fête. Enfin le pain quotidien, qui pour le
riche se compose de tant de superfluités, ce
pain quotidien assuré d'âge en âge, et ne laissant à la mère nulle inquiétude pour l'enfant,
n'était-ce pas assez pour faire d'un murmure
une faute ?

La jeune femme, ayant donc réfléchi un instant, se promit d'aller le lendemain, rue Saint-Guillaume, s'entendre avec sœur Euphrasie sur les meilleurs moyens à prendre pour soulager indirectement la famille affligée, car ces pauvres n'étaient pas des pauvres, comme l'avait dit naïvement Marie. Il fallait se garder de rien brusquer, de peur de blesser en faisant du bien. Espérance était trop fine, par nature et par éducation, pour ne pas saisir ces nuances.

Comme elle était riche, elle pouvait se passer le plaisir de donner; c'est un des plus délicats qu'il y ait en ce monde. Elle mit donc un billet de cent francs dans une de ses jolies enveloppes, et la replaça jusqu'à nouvel ordre dans le mystérieux tiroir. La jeune femme n'était pas méfiante, pas assez peut-être; elle ne fermait jamais à clef son bureau; l'idée d'une indiscrétion, de la part des serviteurs de l'hôtel, ne lui venait pas à l'esprit, et elle ne se défiait pas plus du jeune valet de pied qui appartenait à une famille des plus estimables.

Ce garçon venait précisément lui apporter une lettre au moment où elle faisait si généreusement la part du pauvre. Presque au même instant, la jeune mère vit accourir sa petite Alice. L'enfant s'arrêta timidement à la porte du boudoir; elle avait toujours peur d'entendre :

« Va, ma chérie, va jouer là-bas ; je suis trop occupée. »

Au contraire, sous l'influence de la charité, sa mère, faisant trêve aux rêveries de l'imagination, la laissa s'asseoir sur une chaise basse, à côté du bureau, l'embrassa et se mit à causer avec elle. Causer, c'était le suprême bonheur d'Alice. Il résulta de l'entretien toutes sortes d'heureuses conséquences pour la mère et pour l'enfant.

Alice avait souvent fait cette question :

« Maman, quand donc commencerez-vous ma petite éducation ? »

Ce mot charmant restait sans réponse positive. Quelques minutes de solitude, tout à fait en dehors de l'imagination, avaient suffi pour faire trouver cette bonne parole : « Je la commencerai demain. »

Alice sauta au cou de sa mère ; puis elle se redressa fièrement, il y avait de quoi. Jusqu'ici, elle avait eu, à peu de chose près, les mêmes attributions que son joli épagneul. On faisait sa toilette, on la promenait, elle mangeait, elle s'amusait, c'était assez ; le reste du temps elle dormait. Maintenant, on allait donc cesser de la traiter en bébé, uniquement chargé d'être gras, rouge, et de se bien porter. Alice triomphait !

Dans sa joie communicative, elle alla de son

pas leste à la recherche de son grand-père, qu'elle aimait pour deux raisons, disait-elle; d'abord parce qu'il était bon; ensuite parce qu'il plaisantait toujours. La petite fille trouva le général dans son cabinet et cria en ouvrant la porte :

« Bon papa, maman va commencer demain mon éducation! »

Le général se leva et salua très-respectueusement sa petite fille, qui éclata de rire, la félicitant de l'honneur qu'on allait lui faire; puis il la prit dans ses bras, et, pour clore dignement la cérémonie, lui donna quantité de pastilles de chocolat. C'était ainsi que tout finissait dans le cabinet de l'aïeul, et Alice avait toujours pensé que tout finissait bien.

Elle aperçut sur la cheminée une lettre. Cette lettre lui fut confiée par son grand-père, et elle s'écria joyeusement : Oh! c'est une des jolies enveloppes! Le message intime était adressé à la jeune femme, et Alice reçut la mission de le lui porter dans son boudoir, en lui faisant remarquer qu'il était écrit avant la grande et heureuse décision qu'elle venait de prendre. L'enfant galopa plutôt qu'elle ne courut, pour arriver plus vite au boudoir.

Espérance lut avec étonnement.

« Très-chère fille,

« Je t'ai promis de te dire deux fois ma pensée,

à la faveur des deux enveloppes que j'ai con-
fisquées. Sache-le, cette lettre n'est pas autre
chose qu'une déclaration de guerre, mais guerre
à outrance ; non pas à toi, certes, mais à cette
petite folle qu'on appelle ton imagination, qui
a établi ses quartiers d'hiver dans ton boudoir,
et dont tu as épousé la querelle. Il est temps de
l'exterminer, ou du moins de la réduire. Jusqu'ici, on s'est borné aux escarmouches ; mais les
puissances sont liguées et résolues à en finir.

« Ma fille, qui te dira la vérité si ce n'est
ton père ? Écoute bien ! La solitude n'est bonne
que si l'esprit y trouve le travail, que si le cœur
y met la charité.

« Que fais-tu dans ton boudoir ? Rien ou des
riens. Ta vie est-elle utile ou non ? Ton imagination te trompe : être seule, rêveuse, taciturne,
inoccupée, c'est moins de la douleur que de
l'égoïsme voilé. Je te voudrais plus de vigueur.
Travaille, agis, fatigue-toi. Au dehors, il y a des
malheureux ; au dedans, ta petite Alice qui sait
à peine lire.

« Donc, guerre à l'imagination ! Adieu, belle
marquise, tu n'es pas moins, malgré tes intelli-
gences avec l'ennemie, la plus aimée des filles. »

Espérance fut frappée de la coïncidence de
cette lettre avec l'ébranlement qu'avait causé en
elle la rencontre de Marie. Elle était trop loyale,

et au fond trop raisonnable, pour ne pas recevoir la vérité. A l'instant elle descendit chez son
père et lui donna la joie de la voir quitter le camp
de l'ennemie pour entrer dans celui où se trouvaient son père, son enfant, ses amies, et Marie,
représentant la classe indigente que la classe
aisée a mission de secourir. Le général fut enchanté d'avoir pour alliée l'aimable marquise, et
il augura favorablement de l'expédition.

La jeune mère était à peine remontée dans son
appartement particulier qu'on y vit apparaître,
non sans beaucoup de bruit et de petits embarras,
une visiteuse d'un aspect singulier. C'était une
femme mise à la dernière mode, et dans le goût
le plus excentrique. Elle faisait *la jeune* et pourtant douze lustres et plus avaient passé sur sa
tête, y pesant d'un bon poids. Les années, en
s'accumulant, ne lui avaient pas fait grâce d'une
ride : les cheveux étaient noirs, mais au prix de
quels soins, de quels ingénieux procédés ! Elle
portait un nom héraldique, mais dans l'intimité,
elle s'intitulait volontiers Rosella tout simplement, afin de persuader, s'il se pouvait, aux
générations suivantes qu'elle était leur contem-
poraine. On ne s'y trompait point.

Ce jour-là, elle arrivait plus que jamais coquette
et pimpante, frappant le parquet de ses hauts
talons, au péril de ses jours. Dès qu'on l'eut intro-

duite, d'après ses instances réitérées, dans le secret du boudoir, ce qui ne s'était pas encore vu, elle se jeta au cou de la jeune veuve, l'appela ma mie, lui dit les plus charmantes choses, dans les termes les plus chaleureux, et finit par avouer que rien ne la touchait autant que la lettre du général, lettre si bonne, si cordiale, et qui attestait une si absolue confiance !

Espérance se demandait ce que signifiait cette entrée en scène, car son père, la franchise même, était l'antagoniste impitoyable de toute prétention et ne parlait jamais de Rosella sans rire, la regardant comme un des plus excellents types du ridicule et de l'importunité. Son humeur gauloise trouvait un fin plaisir à déjouer les plans de la vieille coquette, en dépit de ses pompons roses, et à refaire après elle l'addition de ses années, sûr d'arriver à un total plus exact, sinon plus satisfaisant.

Mme de V..., qui se plaisait tant à se faire appeler Rosella, était une de ces personnes dont on voudrait se débarrasser, et dont on ne se débarrasse point; qui font deux pas en avant quand vous en faites un en arrière; une de ces personnes qu'on retrouve partout, qui, connaissant tout le monde, sont intimes avec toutes les sommités, et se mêlent de tout. Inutile de chercher à leur faire sentir qu'elles

Espérance se demandait ce que signifiait cette entrée en scène,

3

gênent, elles ne sentent rien, et leur eussiez-
vous dit en bon français : Allez-vous en, elles
reviendraient la semaine suivante avec le même
regard, le même sourire, n'ayant pas du tout
compris que vous les trouvez insupportables.

Espérance avait toujours eu grand soin de se
tenir à distance, et pour cela, la différence d'âge
la servait merveilleusement. Elle affectait de
saluer la vicomtesse avec un respect des plus
profonds, ce qui contrariait manifestement
Rosella. Aujourd'hui, celle-ci arrivait les bras
ouverts, sur le pied d'une égalité parfaite ; le respect profond devenait impossible. De tout temps,
la jeune veuve avait paru très-froide à son égard ;
mais que faire devant des sentiments si chaleureux ? La visiteuse avait forcé la consigne, s'était
fait recevoir dans le boudoir de la solitaire et
l'abordait de l'air triomphant d'une personne
devenue indispensable.

L'immobilité de la marquise et son sérieux
glacial ne déconcertèrent nullement Rosella. S'é-
tendant, avec plus de nonchalance que de grâce,
dans un fauteuil, elle se mit en devoir de commencer sa mission supposée, et avant tout montra à la jeune femme, par une confiance qui n'é-
tait que de l'indiscrétion, la lettre qu'elle venait
de recevoir du général. Encore une des jolies
enveloppes satinées !...

Le bon père, jaloux du repos et du bonheur de sa fille, avait déjà commencé la guerre à outrance contre la folle du logis. La première attaque sérieuse consistait, selon lui, à attirer plus intimement près de la veuve une femme solide, sensée, aimable, nommée Pauline, veuve aussi, et dont l'infortune, patiemment supportée, avait retrempé le caractère.

Cette amie avait été de tout temps un secours pour Espérance. Sa tête beaucoup plus froide lui permettait de voir les choses avec plus de justesse et la faisait marcher d'un pas égal entre les événements de la vie. Comme elle n'avait pas eu d'enfants, elle se consacrait particulièrement à sa mère et passait avec elle six mois à la campagne et six mois à Paris. Toutefois le sentiment filial, tenant la première place dans son existence, ne la remplissait pas au point de la fermer à l'amitié, aux convenances, encore moins à la charité. On trouvait en elle la juste mesure du devoir accompli sous ses formes diverses et d'un laisser-aller aimable qui donnait, pour ainsi dire, de la grâce à sa vertu.

Son exemple devait être pour Espérance un enseignement précieux, et le vieillard, en termes tout affectueux, priait cette sage Pauline, qu'il avait vue enfant, de vouloir bien entrer *secrètement* dans le petit complot qu'il tramait pour

retirer sa fille d'un isolement persistant, nuisible
à sa santé, et qui donnait à l'imagination trop
de prise sur le jugement.

« Venez la voir souvent, chère madame, disait-il, non pas seulement au salon, mais dans
le tête-à-tête du boudoir, où elle se plaît uniquement. Faites-lui quelques avances, et ne
vous rebutez pas de ses froideurs, je l'attends
de votre bonté. Traitons ma pauvre enfant comme
une malade qui a besoin de soins et qui craint
d'en recevoir. A vous de la distraire utilement,
de lui faire reprendre intérêt aux choses de la
vie. Je compte sur vous, non-seulement à Paris,
mais à la campagne, où votre présence lui sera
si précieuse, et en même temps si agréable au
bon papa qui n'entend pas se mettre hors de
cause. »

Le plan de campagne était bon ; mais, hélas !
le général, écrivant deux lettres en même temps,
avait eu une forte distraction, il s'était trompé
d'adresse, et prenant au hasard une enveloppe,
précisément une des deux qu'il avait à l'avance
conviées à un meilleur sort, il avait tracé le nom
de la vicomtesse sur la lettre écrite à Pauline, et
le nom de Mme Pauline de L.... sur un billet
donnant à Rosella je ne sais quel renseignement
demandé par elle sur une affaire bien ennuyeuse.

Le quiproquo devait s'expliquer tôt ou tard

entre les intéressés; mais le plus simple savoir-
vivre empêchait d'initier la vieille dame à une
erreur qu'elle était loin de pressentir, et il demeura bien établi dans son esprit, étroit et
superficiel, qu'on l'avait jugée nécessaire au
bonheur d'Espérance.

Très-fière de sa mission, elle résolut de la
pousser à l'extrême comme font les importuns.
En conséquence, elle s'annonça modestement
comme une rosée bienfaisante qui allait détrem-
per le désert où la jeune veuve était ensevelie.
Ceci fut dit au milieu de quantité de minauderies d'un goût douteux, car le naturel et la
simplicité étaient inconnus à Rosella. Se servant
dans sa vieillesse des mêmes sourires grima-
çants dont elle se servait déjà en pure perte
quarante ans plus tôt, la chose prenait un tour
divertissant.

On se figure l'étonnement de la solitaire marquise; elle ne pouvait imaginer comment il se
faisait que la guerre à outrance, déclarée par
son père, commençât par cette bombe. En tout
cas, elle se promit de se soustraire, par une
stratégie habile, aux attaques d'un aussi redou-
table adversaire. Il faut savoir que la vieille
dame, même en miniature ou en photographie,
eût été pour Espérance d'un commerce lassant.

Comment donc avait pu s'y prendre la vicomtesse pour devenir la fable de tout son entourage et servir d'épouvantail aux cercles intimes? Elle avait, dès son jeune âge, laissé toute liberté à son imagination, privant son esprit de tout travail assidu, de tout aliment solide; et elle était ainsi arrivée à ce degré surprenant de surexcitation qui, chez une nature forte et riche, eût été peut-être enthousiasme, exaltation; mais qui avait tourné chez elle en puérilité.

La première visite de l'importune Rosella, si bien pomponnée et coloriée, fut pour la marquise un ennui profond, présageant beaucoup d'autres ennuis encore plus profonds.

CHAPITRE II

C'est moi.

Pour mieux entendre ce qui suit, il est nécessaire de se transporter en esprit aux environs
de Paimbœuf, et d'y faire connaissance avec des
Bretons, fort estimables. C'est dans ces campa-
gnes que chaque année revient la jeune veuve
avec son père et son enfant. C'est là que s'élève,
adossé à une colline élégamment boisée, le château d'assez riant aspect, tout environné de
chaumières.

Parmi ces chaumières, il en est une que le
malheur a touchée, c'est celle de la veuve Benoît.

La Benoît, comme on dit en ce pays, est une femme de quarante ans à peine; mais la pauvreté, le chagrin, l'ont faite vieille avant le temps. Ses forces trahissent sa bonne volonté. La maladie lutte en elle contre le courage et, pour l'aider à vivre en élevant de son mieux ses trois filles, elle n'a plus que Laurent, son fils, Laurent qui ressemble à son père, le laborieux et honnête Corentin Benoît. Le jeune paysan a dix-sept ans, une figure heureuse, un bon cœur; mais sa faiblesse de caractère effraye quelquefois la veuve. Elle se dit tout bas : Non, non, ce n'est pas là mon pauvre Corentin, qu'on aurait roué plutôt que de le faire manquer à son devoir. Laurent a la bonne humeur et la bonté de son père, mais il tournera au moindre vent.

Sur ces entrefaites un bruit courut dans le village; on disait qu'on avait besoin au château d'un jeune domestique. Assurément le fils de la Benoît n'entendait rien au service des villes; mais il avait bonne façon, bonne volonté, de l'adresse, et le désir d'être utile à sa mère. Or il pouvait gagner plus au château qu'en restant, comme garçon de ferme, chez le vieux Mathurin, qui ne payait guère. On avait donc tenté la chose, et l'on avait réussi.

Laurent était entré chez le général avec le titre

de valet de pied, titre qui avait à ses yeux
quelque chose de fastueux, à cause de la livrée
qu'il comportait. Se voir tout de vert habillé,
depuis les pieds jusqu'à la tête, le tout sillonné
de galons et de boutons, c'était de quoi être un
peu fier. Le jeune garçon savait bien qu'il faisait
des jaloux; plus d'un camarade aurait voulu
entrer au château, aller à Paris surtout. Paris,
c'était le point de mire pour beaucoup de ces
jeunes têtes.

Laurent, après avoir pendant quelques semaines appris les éléments du service, devait
suivre ses maîtres et s'en aller pour tout l'hiver.
Ne plus voir sa pauvre mère qu'il n'avait jamais
quittée, ni ses sœurs Yvonne et Corentine, ni la
petite Joséphine, si drôlette avec son franc rire
et la joie de ses quatre ans, cela lui semblait
dur. Et puis il était encore si gauche, qu'il
redoutait les moqueries des Parisiens. On lui
disait qu'à leur contact il se façonnerait plus tôt
qu'il ne croyait; et la Benoît ne manquait jamais
d'ajouter :

« Ne va pas façonner tes idées sur les leurs,
mon garçon; tu vas être joliment mal entouré !
On dit que, là bas, ils n'ont ni foi ni loi. Pendant
qu'ils te referaient au dehors, ils t'abîmeraient en
dedans, si tu n'y prenais pas garde!

— Soyez tranquille, disait Laurent, du meilleur

de son cœur, car il croyait bien réellement que des étrangers, si séduisants qu'ils fussent, ne pourraient avoir aucune mauvaise influence sur lui.

Vint le jour du départ. La famille du général emmena Laurent, pendant que sa mère, le cœur bien gros, était debout sur le pas de sa porte, avec ses trois petites filles en larmes. Elle regarda bien longtemps la voiture, et même, quand on ne la voyait plus, elle regardait la poussière que les roues avaient soulevée. La petite Joséphine criait :

« Pourquoi s'en va-t-il, mon grand frère? Je lui ai dit de rester; il est parti tout de même. Il est donc devenu méchant? »

— Faut pas lui en vouloir, Fifine; il s'en va à Paris pour nous acheter du pain.

— Nous n'en avons donc plus?

— Non, presque plus, depuis que le père n'est plus là pour en gagner. »

On apercevait encore au loin un peu de poussière sur la route, et Laurent n'éprouvait déjà plus les mêmes émotions que sa mère. Des cœurs qui se séparent, le plus à plaindre est toujours celui qui reste; il retrouve, en lui et hors de lui, toute chose à la même place.

Le jeune paysan n'avait jamais voyagé, sinon à trois lieues à la ronde; tous les objets extérieurs devaient nécessairement produire sur lui une forte impression.

Il allait monter en chemin de fer pour la première fois, voir des bourgs, des villes, connaître d'autres coutumes. Sa tête bretonne travaillait, et tout en vouant au pays, à la famille, à la maison, un profond attachement, il se sentait grandir devant lui-même à la seule pensée de voir et d'entendre ce qu'aucun de ses camarades d'enfance n'avait vu ni entendu.

Laurent fut donc promptement distrait par les beautés de la route ; et les compagnons de voyage, qui occupaient avec lui un wagon de troisième classe, n'ayant pas laissé languir la conversation, il se trouva qu'en débarquant à Paris, il savait bien plus de choses qu'au village. On avait traité toutes sortes de sujets, entre autres l'inégalité des conditions. C'était, avait-on dit, un abus fort ancien qu'il fallait faire cesser ; on y tendait, on y parviendrait prochainement, dès qu'aurait été détruit, puis réédifié, cet ensemble qu'on appelle la société moderne. On avait dit encore que prendre au riche, ce n'est pas voler. D'abord, parce que le tort qu'on lui fait est insignifiant ; ensuite, parce que c'est, au contraire, lui qui vole en s'attribuant une portion quelconque de terrain ou de richesses.

Cette morale nouvelle, fort opposée à celle

qu'il avait entendu prêcher dans son village,
étonna beaucoup Laurent. Cependant il ne se
défiait pas assez de ces discours séduisants, et
comme la situation de sa mère était navrante,
bien qu'elle la cachât le plus possible, son amour
filial lui rendait plus saisissante encore la pein-
ture qu'on faisait des amertumes de la pauvreté,
en regard des jouissances de la classe riche,
classe qu'on avait grand soin de représenter
comme exempte de tout souci, et saturée de
bonheur.

C'est dans ce trouble de son esprit que le jeune
valet de pied reçut le choc inévitable de l'arrivée
d'un paysan dans la grande ville. Les splendeurs
de Paris l'étourdirent; il admira; il s'extasia
devant les monuments, les promenades; il se
sentit facilement incliné à croire que des gens
pour qui ces grandeurs étaient des objets familiers devaient nécessairement être plus éclairés
que les braves Bretons, d'ailleurs assez igno-
rants, des environs de Paimbœuf.

Laurent fit connaissance avec de jeunes pale-
freniers de la rue de Varenne; il se trouva
journellement en rapport avec les employés des
fournisseurs; et, de ces relations, émanèrent
comme des exhalaisons malsaines, dont il ne
soupçonnait même pas l'influence maligne. Puis,
faut-il le dire? il apprenait du maître d'hôtel le

service de la table, et souvent il entendait des conversations propres à faire naître dans son esprit inculte des doutes étranges. Les amis du général traitaient, à table, les questions les plus délicates, et les traitaient fort légèrement, plaisantant, par mauvaise habitude plutôt que par malice, sur des sujets qu'on ne devrait jamais aborder en présence des inférieurs. Qu'importe! dit-on souvent, ils sont trop occupés des assiettes pour faire attention à ce qui se dit à table; et d'ailleurs ils n'en comprennent pas la moitié.

Cinq mois passés à Paris firent de Laurent un garçon tout autre. Il avait perdu sa gaucherie, mais il avait aussi perdu cette candeur qui, au pays, lui faisait accepter si facilement la vérité. Non, à présent, il ne pensait plus ce que pensait sa mère. Elle ne le savait pas heureusement, car il n'y a pas de plus grande douleur! Laurent voulait juger des choses par lui-même, et comme il était incapable d'un raisonnement suivi, il adoptait volontiers les sophismes grossiers de l'antichambre, et les sophismes, voilés et plus dangereux de la salle à manger.

C'était le jeune valet de pied qui frottait la chambre de la marquise, et tout en s'acquittant prestement de cette besogne, il se demandait pourquoi c'était toujours lui qui frottait? Laurent trouvait cela irritant, depuis qu'on lui avait appris qu'il devait être irrité.

C'est dans cette fâcheuse disposition d'esprit qu'il était, au moment où Marie Dubreuil avait déposé bien humblement sa lettre chez le concierge de l'hôtel. Il avait même aperçu, d'une fenêtre, l'enfant pâle dont la tenue modeste et la figure intéressante l'avaient frappé.

Hélas! il était arrivé la veille au soir une autre lettre. Celle-ci, à l'adresse de Laurent, lui donnait les plus fâcheuses nouvelles. Sa pauvre mère, que la mort du brave Corentin avait laissée dans l'embarras, ne pouvait satisfaire les exigences de certains créanciers, hommes durs et insolents, qui la rendaient bien malheureuse et lui réclamaient, avec menaces, des sommes qu'elle ne pouvait payer. Elle proposait des arrangements, on les refusait; les plus impitoyables parlaient même de faire vendre par la justice sa pauvre chaumière. Cela était encore tenu secret; mais, dans peu de temps, tout le monde au village en serait informé. La mère terminait en disant que, pour calmer les créanciers et faire cesser leurs menaces, elle leur avait donné, en à-compte, l'argent des gages de son fils qu'il lui avait envoyé; mais c'était insuffisant; il faudrait encore cent francs pour qu'ils consentissent à attendre le reste.

Laurent conçut un profond chagrin de la position de sa mère; il se représenta la demeure de
la famille, laissée à son père par son grand-père,
et honteusement vendue pour payer des dettes!
Son cœur se serra; mais non pas avec le même
sentiment de peine qu'il aurait éprouvé au village. C'était une douleur haineuse, qui le portait à maudire son sort, à détester toute supériorité, à envier avec aigreur le bien d'autrui.
Dire que nos maîtres ne trouvent rien d'assez
beau pour eux, qu'ils se passent toutes leurs
fantaisies, et que ma pauvre mère, faute d'un
billet de cent francs, va être mise hors de chez
nous! C'est affreux! On a bien raison de dire
que ces choses-là ne peuvent pas durer, et
qu'il faut tout renverser. Du moins chacun
aura son terrain, sa maison, et l'on vivra heureux.

Ainsi raisonnait le pauvre campagnard, tout
imbus des idées neuves et séduisantes qu'il avait
reçues. La nuit, puis la journée, se passèrent
dans ce triste malaise de cœur et d'esprit. Sa
tête se montait. Laurent ne trouvait plus qu'il y
avait eu avantage pour lui à entrer chez le
général, à apprendre à servir dans une bonne
maison, tout en étant logé, habillé et bien nourri.
Non, il ne voyait plus que sa misère et surtout
celle de sa mère et de ses petites sœurs. Il pen-

4

sait aussi que ses maîtres abusaient de ses dix-
sept ans, en ne lui donnant que vingt-cinq
francs par mois, pour commencer, avec promesse d'augmentation quand il serait en état de
bien faire son service.

Les théories du wagon de troisième classe lui
revenaient plus que jamais en mémoire. Le
trouble qu'il éprouvait le rendait distrait, brusque
et maladroit. Dans la matinée, il cassa un compotier faisant partie d'un service de prix, et loin
d'en ressentir aucune peine, il se dit : « Tant
pis pour les maîtres ! » Sur ce, il assembla soigneusement les morceaux, rétablit assez ingénieuse-
ment le compotier, et le cacha tout au fond d'une
armoire dans un angle, derrière une pile d'assiettes, afin qu'on l'oubliât et qu'il fût possible
de dire à l'occasion : — Oh! il y a bien longtemps qu'il ne sert pas; il aura été cassé l'année
dernière, probablement.

Ainsi les sentiments nobles et délicats qu'il
tenait de ses parents s'émoussaient dans ce
jeune villageois, d'un caractère trop indécis,
d'une nature trop molle pour ne pas subir les
influences dangereuses dont il était entouré.

Ce jour était un jour de désordre et d'embarras dans l'hôtel. On songeait à la Bretagne;
il était question de quitter Paris dans quelques
semaines, et l'on commençait les préparatifs

par l'œuvre des tapissiers qui venaient lever les tapis. C'était un va-et-vient continuel. La marquise se sauvait devant l'avalanche, et son refuge était comme toujours son boudoir.

Laurent, quand il était mal disposé, combinait mal ses mouvements, ou plutôt ne les combinait pas du tout; donc, en balayant le boudoir après la levée du tapis, et pendant le déjeuner des maîtres, il donna un bon coup de balai dans une vitre, et la vitre s'en alla tomber en mille pièces dans la cour, avec un bruit qui s'opposait au mystère. Pas moyen de recourir au procédé si finement employé pour enfouir le compotier dans l'oubli.

Laurent toutefois crut amoindrir le mécontentement de sa maîtresse en faisant réparer sur l'heure le désastre. Un vitrier passait, s'annonçant par un cri strident. Laurent le fit monter en hâte. C'était un pauvre hère, vêtu presque de haillons; mal peigné, à peine chaussé, have de misère et de faim. Il fut introduit dans le secret du boudoir, fit son travail, et, au moment où il se retirait, rencontra la maîtresse de maison, toute surprise. Il salua d'un « bonjour madame, » d'un air embarrassé, descendit par l'escalier de service, entra à l'office, où il fut payé, et s'en alla crier de nouveau : « V'là le vitrier! » tout le long de la rue de Varenne.

La marquise, mécontente, sonna le jeune domestique.

« Pourquoi avez-vous fait monter cet homme ?

— C'est parce qu'il y avait un carreau qui
s'était cassé dans le boudoir de Madame la
marquise.

— C'est vous qui avez cassé ce carreau ?

— Faut croire qu'il était fêlé, car on ne l'avait
pas encore touché qu'il était déjà tombé en morceaux.

— Ah !... Écoutez, Laurent, nous n'avons pas
l'habitude de nous servir de ces gens de passage. Une autre fois, quand il vous arrivera de
casser une vitre, vous avertirez, et l'on vous en-
verra chercher un des ouvriers qui travaillent
pour la maison.

— Bien, madame la marquise.

— C'est un homme de mauvaise mine que vous
avez introduit et laissé seul chez moi ; c'est fort
imprudent. Je le connais de vue, je le rencontre
quelquefois dans le quartier, et je le reconnaîtrais
partout, tant son aspect est peu rassurant. Faites
bien attention à ce que je vous dis. On ne laisse
jamais seul un homme qu'on ne connaît pas.

— Bien, madame la marquise. »

Elle renvoya Laurent et se hâta d'oublier la
vitre et le vitrier.

Laurent n'oubliait rien, lui ; mais ce qui revenaît le plus souvent à sa pensée, c'était l'affreuse inquiétude de sa mère, le danger qu'elle courait, et, d'autre part, ce billet de cent francs qu'il avait vu le matin, par hasard, en apportant une lettre de part, mettre sous enveloppe et glisser dans le mystérieux tiroir du bureau. Ce dernier souvenir l'obsédait, se présentant à son esprit sous la forme d'une tentation qui allait toujours grandissant, à mesure qu'il osait s'y arrêter.

Loin de se détourner brusquement de cet ordre d'idées, il discutait en lui-même, se demandant ce qu'était un billet de cent francs pour sa maîtresse qui l'avait envoyé, tout dernièrement, payer une note de trois cents francs, chez sa couturière, pour une robe de soie noire à volants. Pour elle, pensait-il, cent francs c'est comme vingt sous pour moi! Si elle avait cent francs de moins, elle ne vendrait pas pour cela ses deux beaux chevaux noirs, qui ont coûté si cher et qui mangent tant! Notre pauvre maison! Dire qu'on la fera vendre! c'est ça qui s'appelle du malheur! Eux autres, les riches, ils ont de la chance; tout leur réussit. L'eau va toujours à la rivière. Nos maîtres sont bien heureux! c'est nous qui avons toute la peine. Oh! si j'avais seulement un billet de cent francs à envoyer chez nous!

Laurent ne put dîner. Il avait la tête en feu, pensant toujours à sa chaumière et à l'enveloppe satinée dans laquelle était le billet. Or, quand on a le malheur de s'arrêter à une pensée mauvaise, au lieu de la chasser tout de suite, on est perdu.

Le soir vint, les maîtres étaient au salon du rez-de-chaussée, avec quelques amis; la petite Alice dormait. Le silence régnait au premier étage et, seule, la bonne travaillait près de l'enfant. Laurent, de plus en plus fortement tenté, monta légèrement. Son cœur battait. Il n'avait jamais fait une mauvaise action avec une pleine volonté. Il entr'ouvrit doucement la porte de la chambre d'Alice.

« Elvire, dit-il, vous n'avez donc pas entendu madame sonner?

— Non. C'est moi qu'elle sonne?

— Dame, je crois que oui.

— C'est drôle; elle ne m'appelle jamais à cette heure-ci; elle sait bien que je suis là, à coudre pour moi, auprès de la petite.

— Vous savez, Elvire, je vous dis ça pour vous; moi, ça m'est égal. Je crois qu'elle vous a sonnée; n'y allez pas si vous ne voulez pas. Au fait, je pourrais bien m'être trompé.

— Tenez, Laurent, dans le doute, j'aime mieux y aller parce que, quand elle sonne et qu'on ne vient pas, ça la met de mauvaise humeur, et je veux lui demander une sortie ces jours-ci. »

Elvire laissa son ouvrage et descendit lentement. C'était ce que voulait le jeune domestique. Se voyant seul au premier étage, puisque l'enfant dormait, il s'avança sur la pointe du pied vers la chambre à coucher qu'il traversa tout tremblant, car n'étant pas habitué à faire du mal, il s'effrayait même du bruit de ses pas. Après avoir donc traversé la chambre, il entra dans le boudoir, et se sentit frémir de tous ses membres. Ce lieu, dont l'air était embaumé d'un parfum délicat, était le lieu où vivait la marquise, et tout y reflétait sa présence; un livre entr'ouvert, juste à la page qu'elle venait de lire, une lettre inachevée sur le bureau, un petit châle de laine blanche jeté sur le dossier du fauteuil. Laurent eut la pensée de s'en aller, mais comme il ne s'en alla pas aussitôt, le mal l'emporta sur le bien dans son cœur infidèle. S'efforçant, au contraire, de s'enhardir, il avança la main, ouvrit le tiroir et reconnut l'enveloppe satinée.... Elvire remontait l'escalier. Laurent, horriblement troublé, saisit l'enveloppe et sortit, allant au devant de la jeune bonne, et criant d'un ton qu'il s'efforçait de rendre goguenard :
: « Eh bien, ce n'était pas vous qu'on sonnait?

— Ah çà, Laurent, nous ne sommes plus au

premier avril, entendez-vous? Tâchez de ne pas
recommencer à m'attraper comme çà!

— Est-ce ma faute, voyons? J'avais mal entendu, voilà tout.

— Oui, mal entendu! Laissez-donc! Vous m'a-
vez fait descendre exprès.

— Par exemple!

— Est-ce que je ne vois pas que vous avez
l'air tout chose?

— Moi?

— Oui, vous. On dirait que vous venez de
faire un mauvais coup. »

Laurent voulut répondre et se fâcher à son
tour; mais il balbutia, ne sut que dire, et, pendant qu'il cherchait, Elvire rentra dans la chambre d'Alice et ferma la porte au nez du garçon.

Il descendit très-lentement, ne sachant plus
où aller, car il lui semblait que s'il retournait à
l'office, ses camarades trouveraient aussi qu'il
avait l'air tout chose, comme disait Elvire. Il
erra à droite et à gauche jusqu'à ce que fussent
partis les amis du général, et son service étant
terminé, il remonta à sa chambre dont il referma
vivement la porte à clef, comme s'il eût été sous
le coup d'une poursuite.

Mais pour trouver la paix dans le silence et la
solitude, il faut être innocent, et Laurent se sentait bien coupable! Il était comme étourdi de

Laurent, horriblement troublé, saisit l'enveloppe et sortit.

l'abominable action qu'il venait de faire, et tous les faux raisonnements, sur lesquels s'était appuyée sa honteuse hardiesse, ne suffisaient pas à calmer son esprit. Il regardait autour de lui, comme pour s'assurer qu'il n'y avait aucun témoin, car maintenant Laurent craignait toute créature.

Déjà il se demandait comment on pourrait s'y prendre pour envoyer cet argent en Bretagne? Sa mère ne manquerait pas de s'en étonner. Une si grosse somme à la fois! On aurait recours au mensonge, c'est le moyen de tout arranger. Ce serait un camarade, bon et confiant, qui lui aurait prêté cent francs, acceptant comme garantie la promesse de lui abandonner quatre mois de gages. Ainsi le jeune garçon s'enfonçait dans le bourbier, sous prétexte d'aider sa mère, oubliant qu'il n'est pas permis de faire le plus petit mal pour procurer un bien.

Cependant le coupable voulut contempler et toucher ce funeste trésor; il fouilla dans sa poche et s'aperçut, alors seulement, que dans sa précipitation, au bruit des pas d'Elvire, il avait saisi à la fois deux enveloppes. Ces deux enveloppes étaient pareilles, également fines, satinées, parfumées. L'une ne portait aucune suscription; c'était celle qui contenait le billet; l'autre portait le nom et l'adresse de la mar-

quise. Les caractères étaient à peine formés et
tracés obliquement; une main novice avait dû
tenir cette plume.

Laurent commença par retirer de la première
enveloppe le billet, qu'il déplia et regarda avec
une sorte de satisfaction sauvage, tenant beaucoup plus de la douleur que de la joie. En vain
s'efforçait-il de rappeler à sa mémoire les sophismes qu'il avait entendu débiter en wagon et
depuis. En vain se représentait-il sa pauvre
mère, ses jeunes sœurs, demeurant bien tran-
quilles dans leur chaumière; il semblait que ce
billet brûlât ses doigts. Il le cacha bien vite,
car cette vue lui était insupportable, et il se demanda ce que pouvait être cette lettre si mal
écrite, qu'il avait prise sans s'en rendre compte.
Lire une lettre adressée à la marquise lui paraissait tout simple, après ce qu'il venait de
faire.

Laurent ouvrit donc l'enveloppe, en retira
une lettre, surchargée de deux pâtés, et se mit
à lire. C'était la naïve supplique de Marie
Dubreuil.

Le villageois avait mal fait, très-mal fait, et
pourtant son cœur n'était pas encore corrompu.
C'était plutôt séduction, entraînement, faux
dévouement pour sa famille. La petite lettre de
Marie tomba tout à coup dans son âme et la

bouleversa. Cette lettre ressemblait à la flamme
qui éclaire les parois d'un abîme et permet d'en
mesurer la profondeur. A mesure que lui appa-
raissaient les simples pensées de l'enfant, il se
sentait remué par une sensation forte et terrible,
jusque-là inconnue : le remords.

Il lisait lentement, s'arrêtant à certaines lignes.
Il souffrait le martyre; et quand son regard se
fixa sur la signature de la pauvre petite, une
larme brûlante coula de ses yeux sur le nom
béni de l'ange du foyer. Il jeta la lettre sur la
table, se couvrit de ses mains le visage et, son-
dant la voie ténébreuse où il s'engageait, le fils
de l'honnête Corentin sentit la honte monter de
son cœur à son front.

La lettre contenue dans l'enveloppe était d'une
enfant innocente et malheureuse; ce devait être
celle qu'il avait aperçue d'une fenêtre, au moment où elle parlait au concierge. Il se souvenait
d'avoir remarqué son extrême pâleur, sa mo-
destie, son air doux et poli. Elle aussi avait des
parents pauvres, elle aspirait à les soulager par
son travail; elle ne se plaignait pas de ses maux,
mais seulement craignait, en ne mangeant pas
assez, de ne pas avoir un jour la force nécessaire pour se dévouer à eux. La pauvre enfant
ne recourait pas au crime, elle; mais, dans son
angoisse, elle recourait à la charité des riches au

lieu de les maudire. Il y avait en tout cela quelque chose qui condamnait Laurent sans trop l'humilier.

Il avait remis soigneusement la lettre de Marie dans son enveloppe et gardait le tout dans sa main comme un talisman protecteur; tandis que l'autre enveloppe lui semblait menaçante; c'était la faute, le déshonneur! C'était la mort de sa mère! Oui, la Benoît en serait morte! Mais elle ne pouvait soupçonner ce qui s'était passé. Laurent se la représentait, couchée dans sa pauvre maison; ne dormant pas, tant elle était inquiète et malheureuse, mais se répétant à elle-même, comme suprême consolation : du moins, j'ai un bon fils!

Peu à peu le silence se faisait dans l'hôtel. Laurent s'effrayait de ce silence, car il entendait mieux encore les voix mystérieuses qui lui parlaient au dedans. Vainement il voulut s'endormir, ses yeux restaient ouverts, ses mains étaient chaudes, tout son corps brûlait. Comment faire? se demandait-il sans cesse. Comment faire? garder ce billet?... impossible! Il repoussait avec horreur l'enveloppe qui le renfermait; il était si malheureux!

Minuit sonnait. Ces douze coups, lents et sonores qui retentissaient tour à tour à chaque horloge du quartier, le firent penser à l'horloge qui avait compté les heures de son enfance; cette horloge était fixée au vieux clocher du village.... Alors le pauvre Laurent souffrit un mal d'un autre genre; ce n'était plus ce sentiment ardent, plein d'effroi, qui tout à l'heure le laissait stupéfait devant lui-même; c'était une peine attendrie, navrante : c'était le repentir.

Pressant contre sa poitrine haletante la lettre de l'enfant pâle, il crut la voir, elle si pure; il crut l'entendre. C'était en lui une expression confuse, car il ne pouvait rien analyser; son esprit était trop peu cultivé, et surtout trop agité. Que disait-elle? Peut-être : — Va! Tout n'est pas perdu, pauvre Laurent! de ce vieux clocher, que tu revois en ta mémoire, des sons joyeux se sont envolés une fois en ton nom, c'était le jour de ton baptême. Pour les chrétiens, il n'est pas de faute sans espérance de rémission. Rends ce que tu as pris, répare, souffre, humilie-toi, et tu seras pardonné.

Toute la nuit s'écoula dans ces pensées. C'était une continuelle alternative de désespoir et de retour à des idées plus douces. Par moment, cet état devenait insupportable. Sa mère! sa pauvre mère! La veille encore elle n'était que malheureuse et menacée; mais on disait : Son fils est un honnête garçon. Et maintenant, si l'on savait.... on dirait : Son fils est.... Non, non, impossible de s'avouer à lui-même ce nom écrasant, infâme! Lui, l'enfant de la Bretagne! Le fils du loyal Corentin! Mon Dieu! qu'est-ce que j'ai fait là?

Il pleurait à chaudes larmes, étouffant ses sanglots, de peur qu'on ne les entendît. Parfois, perdant courage, il serrait dans ses mains l'enveloppe sur laquelle Marie avait tracé le nom de la marquise. Cette écriture jeune, incertaine, le touchait; c'était celle d'une enfant du peuple comme lui. Lorsque le jour parut, il voulut songer au meilleur moyen de réparer sa faute, secrètement; mais la fatigue l'ayant vaincu, Laurent s'endormit.

Quand il s'éveilla, il eut cette douleur poignante d'un coupable qui a oublié, et qui tout à coup se souvient. Sa position lui apparut, telle qu'elle était réellement. Alors plus de larmes, plus de sanglots, mais une prostration complète, et la conscience de son malheur causé par sa propre faute : Je suis perdu, se dit-il, si madame s'aperçoit que ce billet lui manque avant que j'aie pu remettre ces deux enveloppes dans le tiroir de son bureau. Elle me chassera devant tout le monde! Et l'on saura pourquoi, ici, là-bas au pays, partout! je ne pourrai plus trouver une place. Mon Dieu! mon Dieu! qu'est-ce que j'ai fait là?

Cependant l'enfant pâle avait été pour Laurent l'intermédiaire entre le ciel et lui. Il s'agenouilla au pied de son lit, sur lequel il posa la lettre de la petite Marie, et, se tournant en esprit vers le clocher de son village, il pria comme il n'avait jamais prié.

En se relevant, il était bien décidé à réparer le tort qu'il avait fait, sans plus s'inquiéter si la perte était considérable ou non pour la propriétaire.

L'heure était venue de descendre pour commencer son service. Aurait-il la possibilité de frotter le boudoir avant que sa maîtresse eût ouvert le petit tiroir du bureau? Là était toute la question.

Il entra d'abord dans le large corridor sur lequel donnaient les chambres. Ordinairement, la marquise, amie du repos du matin, sommeillait encore et demandait du silence. Aujourd'hui, elle va et vient dans son appartement; elle est agitée, empressée, comme fiévreuse. La voilà qui ouvre sa porte, juste au moment où le jeune valet de pied longe le corridor. Celui-ci ne l'avait jamais vue levée si tôt. Drapée dans son élégante robe de chambre, à carreaux gris et blancs, coiffée d'une fanchon de dentelle, négligemment jetée sur une masse de cheveux blonds, dans le plus beau désordre, elle dit : Laurent, venez ici un moment.

5

Le malheureux crut tomber; ses jambes flé-
chissaient; il devint tellement blême que la maîtresse de maison lui dit avec bonté :

— Qu'avez-vous ? Êtes-vous malade?

— Faites pas attention ; ce n'est rien, madame
la marquise.

— Laurent, vous avez quelque chose ?

— Ce n'est rien.

— Entrez, il faut que je vous parle.

Il entra dans la chambre et fut entraîné vivement, sur les pas de sa maîtresse, jusque dans
le boudoir. Là, il ne savait où porter son regard;
il lui semblait que celui de la marquise voyait,
à travers ses vêtements, les deux enveloppes
qu'il avait soigneusement cachées.

— Écoutez-moi, dit-elle très-sérieusement, faites
attention à l'ordre que je vous ai donné hier, à
propos de la vitre cassée ; ne laissez jamais seul
un ouvrier de passage. Il m'est arrivé une chose
fort désagréable. J'avais mis là, dans ce petit
tiroir, un billet de cent francs sous enveloppe; il
a disparu. Qui l'a volé? ce ne peut être que ce
misérable vitrier?

L'âme du coupable fut remuée, par ce dernier
mot, jusque dans ces profondeurs où reste en
nous l'empreinte du bien, même quand nous
avons fait le mal. Laurent baissa les yeux et balbutia quelques paroles vagues. C'était le dernier

combat. Laisser soupçonner un malheureux ?
Non, mille fois non ! Laurent tombe à genoux,
ses yeux suppliants demandent grâce : mais de
son cœur sort cet aveu :

— Madame, c'est moi.

— C'est vous, Laurent ? Vous !

Elle n'en dit pas davantage, et Laurent se sentit terrassé. Pourtant la marquise s'était inclinée
vers son pauvre serviteur; son autorité semblait prendre quelque chose de maternel. Ce
jeune paysan, le visage en feu, les mains jointes,
le regard humide, lui faisait pitié. A quoi allait-
elle se décider? Le sauver ou le perdre?... Il
attendait.

Enfin sortit de sa poitrine cette prière :

— Madame, je vous en supplie! Renvoyez-moi
sans me déshonorer. Voyez, j'étais venu pour
vous rendre tout, car j'avais pris ensemble deux
enveloppes, les voilà.

En même temps, il tendait à la marquise le
billet et la lettre. Espérance prit l'un et l'autre
sans parler. Elle reconnut la lettre de l'enfant
pâle, la déplia, et vit que la signature était à
peine lisible, parce qu'une larme l'avait presque
effacée. Enfin elle dit très-bas :

— C'est vous qui avez versé cette larme?

— Oui, répondit le malheureux.

— Vous avez donc lu cette lettre?

— Oui, madame.... et alors, en la lisant....
alors j'ai compris....

— Alors l'innocence de cette enfant vous a
obtenu la grâce du repentir?

Un sanglot fut la réponse.

La marquise baissa la voix encore davantage.

« Laurent je puis vous perdre et j'en ai le
droit. Un seul mot à mon père et tout est fini. Ce
mot, je ne le dirai pas. Vous êtes le fils d'un
honnête homme. Vous serez vous-même honnête
homme. Cette faute ne sera connue que de moi.
Je vous pardonne à cause de la petite Marie, qui
est un ange sur la terre et qui vous a sauvé.

— Ah! madame, que vous êtes bonne!

— Laurent, si votre mère savait....

— Ah! ma mère!

— Pleurez, pauvre enfant! Mais ne vous dé-
couragez pas.

— Ah! madame n'aura jamais de confiance en
moi, à présent; c'est fini!

Il osa regarder en face sa bonne et généreuse
maîtresse. Elle était tout émue. L'expression de
son visage prit une douceur angélique quand
elle dit, toujours à voix basse :

« Non, ce n'est pas fini, Laurent; votre mère
vous a donné sa foi; vous savez où les chrétiens
repentants trouvent le pardon de Dieu. Moi,
j'aurai encore confiance en vous, si vous le mé-

ritez. Parce qu'on a mal fait une fois, on n'est pas perdu pour toujours ; j'en suis sûre, vous serez honnête homme. »

Elle se faisait simple et petite, la grande dame qui voulait empêcher une âme de tomber tout à fait. Bientôt son œil intelligent essaya de lire au fond de cette âme et y chercha la cause d'un aussi grave entraînement. Elle parla au jeune paysan de sa mère avec une grande bonté, lui demandant s'il avait reçu d'elle quelque lettre, si les affaires du ménage allaient bien ? Il fit comme font tous les malheureux devant une puissance qui leur est supérieure et les prend en pitié : il répondit d'abord d'une façon évasive, et finit par tout dire.

Ce fut pour Espérance le sujet de nouvelles émotions. Elle se sentit portée plus encore à la clémence et se promit de veiller à l'avenir sur son jeune serviteur, dont elle ne s'était guère occupée que pour le gronder de ses maladresses. Elle prit la résolution de lui laisser peu de liberté au dehors, afin de le tenir éloigné des mauvais camarades, et de lui rendre, à l'intérieur, la vie assez douce pour l'attacher à la famille. La marquise congédia Laurent du regard en disant : — Aujourd'hui même je vais écrire à l'Intendant et lui donner ordre de faire cesser les menaces des créanciers, en leur offrant des

garanties pour les sommes dues, que vous paie-
rez peu à peu avec vos gages.

Laurent était bien touché! Le villageois aurait
voulu exprimer convenablement sa reconnaissance; mais il ne put trouver qu'un mot, toujours le même :

« Ah! madame, que vous êtes bonne!

Le jeune garçon, déjà si ému, perdit toute
contenance lorsqu'il entendit la marquise ajouter : — Nous comptions porter prochainement
vos gages à trente francs; ce sera dès ce mois-
ci, à cause de votre bonne mère si affligée.

Il la regarda avec le sentiment confus d'une
humble affection. C'était pour la vie qu'elle venait d'attacher à sa maison, à son enfant, un
serviteur tout prêt à devenir un ennemi. Comme
il se retirait, sa maîtresse, par une de ces inspi-
rations spontanées que le ciel donne et qu'il
bénit, rendit à Laurent la lettre de Marie, dans
son enveloppe.

« Cachez-la bien, dit-elle, et gardez-la toute
la vie, c'est un moyen de vous défier de la tentation et de ne plus jamais faire de mal. »

Il saisit l'enveloppe et, dans sa surprise et son
attendrissement, il la baisa avec transport.

Demeurée seule dans le boudoir, Espérance
sentit le besoin de se recueillir, car cette scène
étrange l'avait troublée. Elle avait promis le

Cachez-la bien, dit-elle, et gardez-la toute la vie.

secret; tout devait donc se renfermer en elle-même. La jeune veuve ne regrettait rien de ce qu'elle avait fait. Aurait-il donc fallu repousser cet homme presque enfant, alors qu'il cherchait à réparer sa faute, alors que l'humiliation la plus entière était acceptée par lui, plûtot que de laisser planer un soupçon sur un étranger?

Que de bien avait déjà produit la lettre de l'enfant pâle! A cette lettre, Espérance était redevable d'un trait de lumière, qui l'avait éclairée sur l'inutilité de sa vie. Elle commençait à s'oublier en pratiquant la charité, et d'abord en s'acquittant des sérieux et multiples devoirs qu'imposent une grande fortune et une position élevée. Jusque-là, pourvu que le service fût exact, elle paraissait trouver que tout était bien. Maintenant, d'après les ravages faits en si peu de temps dans l'esprit d'un campagnard, attiré par elle à Paris, elle comprenait qu'elle avait à prendre, s'il était possible, une influence déli-cate sur ceux des serviteurs dont la jeunesse demandait une direction, un secours.

Sans presque s'en douter, Espérance venait d'entrer dans la vie positive, secouant le joug de l'imagination, et concevant l'idée du dévouement continuel et inaperçu.

Tout cela, c'était l'œuvre de la pauvre et inno-cente Marie. La marquise, après avoir revêtu à

la hâte un joli négligé du matin, sortit dans
l'intention d'aller demander rue Saint-Guillaume
quelques renseignements sur la famille Dubreuil.

Elle entendit avec grand intérêt tout le bien
qui lui fut dit sur cet intérieur, puis elle remit
à la supérieure le billet restitué par le jeune valet
de pied, et il fut convenu qu'on aiderait les
Dubreuil, en fournissant peu à peu aux dépenses
les plus nécessaires, et en leur disant simplement que la Providence les assistait par un don
particulier qu'avait fait *une bonne dame* entre
les mains de sœur Nathalie, alors l'image de
cette secourable Providence. Cette sage et compatissante supérieure qui s'était faite par choix
la servante des pauvres, elle était grande Dame,
elle aussi, de la noble famille des Nariskin, elle
passait inconnue, comme la plus humble des
Filles de Saint-Vincent de Paul. Depuis, elle a
reçu sa récompense de Celui qui seul pouvait la
faire assez grande.

Lorsque la marquise rentra à l'hôtel, la petite
Alice était déjà installée dans le boudoir. Assise
devant une petite table, entourée de cahiers, de
plumes, de livres, on eût dit, à son air sérieux
et affairé, qu'elle allait se livrer à de profondes
études. Sa mère lui sourit en entrant, et la chère
enfant prit sa première leçon avec une docilité
charmante.

Rien de plus négligé que la mémoire d'Alice, rien d'inculte comme son intelligence; et cependant une extrême lucidité, un grand désir de s'instruire et de plaire à ses parents, tout cela présageait de bien doux succès à la mère-institutrice.

Le grand-père avait déclaré se réserver le droit de récompense. Quant aux punitions, il avait été établi que, l'étude étant un des meilleurs moyens de grandir l'intelligence, tout acte d'insoumission ou de négligence entraînerait un retour passager à la vie uniquement matérielle du petit épagneul, de si joyeuse mine. On ne prendrait de leçons que si l'on se montrait digne de progresser. Alice était parfaitement en état de sentir toute l'humiliation d'une semblable pénitence.

Le soir de ce même jour, Laurent, brisé des graves émotions de la matinée, reposa son cœur converti en remettant sous ses yeux la chère enveloppe qui renfermait les secrets de Marie Dubreuil. C'était un véritable trésor, puisque toutes les bonnes et saintes pensées étaient revenues par ce moyen. Il se demandait comment on pourrait sauver ce trésor des regards indiscrets, et en même temps le préserver de tout accident? Alors il avisa un vieux portefeuille, que le général avait jeté, et dont lui,

Laurent, avait fait son profit, le destinant à conserver les lettres qu'on lui enverrait du pays;
il y en avait déjà trois, toutes trois de sa mère.
Dans la poche la plus secrète de ce vieux portefeuille, il cacha la lettre de la petite Marie, mit
le tout dans sa malle, qui avait une bonne ser-
rure, et il lui sembla avoir enfoui là toute une
fortune.

CHAPITRE III

En Bretagne.

Voyez-vous cette petite dame, serrée dans sa ceinture, gênée dans ses entournures, et pincée dans ses bottines, qui se promène sous les arbres de ce beau parc, parlant toilette, racontant les plaisirs de l'hiver et ses petits succès de salon? C'est Rosella.

La malheureuse enveloppe si blanche, si fine, avait eu la déplorable destinée d'attirer en Bretagne cette beauté passée qui posait encore, qui minaudait, qui grimaçait, et dont chacun plaisantait. La vicomtesse était tombée un beau matin à Kerniou, comme fût tombée la grêle, sans prévenir, et s'appuyant sur la lettre du général lui-même pour se dire : « Je suis toujours attendue. » Bien résolue à remplir sa prétendue mission, elle avait dit tout bas : Me voici; vous voyez, général, que je ne perds pas de vue notre petite marquise; j'ai entrepris, d'après vos désirs, de la distraire, et j'y parviendrai.

Que peut faire dans un pareil cas un maître de maison? Saluer, puis saluer encore, et attendre patiemment le départ. C'est ce que faisait le bon père, et sa gaieté naturelle lui suffisait à peine pour endurer le fléau qu'avait attiré sa fâcheuse distraction.

Elle était fort drôle à voir, cette petite vieille qui ne voulait pas du respect, et préférait les joies et les allures d'un autre âge, quand elle prenait des attitudes affectées, des poses prétentieuses, il fallait toute la politesse de la marquise pour ne pas rire. Le général se sauvait dans ces cas là, n'ayant pas assez de confiance en lui-même. Les voisins de campagne, qui venaient, parlaient pendant trois jours de ce type amusant rencontré à Kerniou, et la petite Alice demandait naïvement à sa mère : pourquoi donc cette jeune dame a-t-elle une vieille figure?

Se croyant de bonne foi invitée, Rosella qui n'avait jamais su rester seule un quart d'heure

sans s'ennuyer, avait pour principe de tenir
compagnie le plus souvent possible à la jeune
châtelaine. Point de relâche, sinon les heures
consacrées aux changements de toilette. Espérance ne pouvait ni lire, ni écrire, ni penser;
plus un instant de solitude.

Ma toute belle, disait Rosella souriante, du
plus loin qu'elle l'apercevait, chassons les idées
noires; allons, déridons-nous!

Elle venait à sa rencontre, lui prenait le bras
et promettait de l'accompagner partout. Cette
menace avait pour effet subit de faire asseoir la
marquise. Elle demeurait interdite, silencieuse,
et pourtant la conversation ne languissait pas;
Rosella y pouvait suffire seule pendant une heure
et plus. Espérance, à demi-pétrifiée, subissait le
joug jusqu'à ce quelle eût découvert ou inventé
un prétexte qui mît quelque distance entre elle
et cette Méduse. Ce n'était pas toujours possible;
alors elle prenait son parti, laissait discourir sa
verbeuse compagne, en pensant à autre chose,
et opinait simplement du bonnet.

Son père, vivement contrarié des dures conséquences de sa méprise, avait avoué à sa fille que
la lettre en question était réellement écrite,
sinon adressée, à son amie Pauline, femme d'un
mérite incontesté, admirablement faite pour ras-
séréner un esprit malade, et pour dilater un

cœur trop longtemps resserré par le sentiment
de ses propres souffrances.

Pendant ces beaux mois d'été, l'amitié avait
fait un signe, et Pauline était venue sans bruit,
s'attacher à la jeune femme comme une ombre
protectrice, mais avec toute la discrétion ima-
ginable.

Pauline était une de ces âmes de devoir, en
qui le côté principal et positif de la vie n'a pas
étouffé cette étincelle de poésie nécessaire à certaines natures. Espérance reconnaissait en elle
le plus beau type du bon sens pratique, et cependant retrouvait en son amie ces côtés féminins
et charmants qui lui plaisaient, par une appa-
rente analogie avec ses propres penchants. Rapprochée de Mme de V... par son père, elle eut
promptement subi sa douce influence.

Souvent, au milieu d'un intime et utile entretien, sous les ombrages du parc, Rosella se diri-
geait vers les deux amies. Celles-ci éprouvaient
ce que nous éprouvons à la vue d'un gros nuage
noir qui s'avance. L'importune, loin de soupçonner ces terreurs, arrivait d'un air dégagé, et
demandait, avec cette espèce de bonne foi qui
caractérise ce genre de personnages, que l'on
continuât l'entretien, assurant qu'elle y prendrait le plus vif intérêt. Dès lors, Espérance et
Pauline ne savaient plus que dire. On parlait

sans mettre au jour une seule des pensées qui se traduisaient si facilement avant l'arrivée de la vicomtesse. Ni les banalités, ni les froideurs n'éclairaient l'importune sur l'insuccès de sa mission. Elle redoublait d'entrain; et quand les jeunes femmes lui adressaient la parole en termes réservés, et l'appelant madame, elle se fâchait agréablement, disant d'un air câlin, absolument hors de saison : « Pas tant de cérémonies entre nous; appelez-moi donc tout simplement Rosella!

Une chose étonnait la vicomtesse au dernier point, c'était que la petite Alice fût devenue, et pour de longues années, l'élève bien-aimée de sa mère.

— Vraiment je vous admire, disait-elle. Faire vous-même l'éducation de votre fille! Mais vous n'y pensez pas, ma très-chère; c'est un assujettissement des plus ennuyeux! Quoi, vous allez faire repasser par votre mémoire les éléments de la grammaire française?

— Oui, madame, les éléments de toute chose. Et e pense y gagner autant que mon enfant.

— C'est héroïque en vérité, marquise! A votre âge, et jolie comme vous l'êtes, vous soumettre à pareille épreuve? chère Espérance, je voudrais vous voir jouir de tous les avantages de la jeunesse et de la fortune. Pourquoi donc sacrifier

6

à d'obscurs devoirs les succès, les distractions?.
Le bonheur est devant vous, et vous n'en voulez
pas. Il faut absolument que je vous présente,
l'hiver prochain, à une famille anglaise dont je
suis l'amie intime; c'est une maison délicieuse;
on y reçoit le soir tous les lundis; j'y suis absolument comme chez moi. On y fait beaucoup de
toilette. Il y a des concerts superbes, des bals
ravissants; nous nous amusons énormément!

A ces paroles, Pauline ne pouvait s'empêcher
de sourire, s'étonnant que l'on pût entreprendre
de distraire une femme affligée en lui offrant
des moyens aussi insuffisants.

Ainsi le trio féminin passait le temps sans
plaisir, car il n'en n'est pas dans le voisinage
des importuns.

Alice n'aimait pas du tout la vicomtesse. On
dit que la sympathie est toujours réciproque;
c'était une preuve à l'appui de cette assertion,
car la vieille dame ne supportait l'enfant que
par politesse. Comme à tout attrait et à torte
répulsion il y a un point de départ, chacun se
rappelait une circonstance qui avait été décisive
entre les antagonistes. Un jour, la vicomtesse,
parée de toutes les couleurs de l'arc-en-ciel, en
dépit des injures des ans, avait demandé à la
petite fille de lui chanter une chanson; ceci se
passait dans un cercle d'amis. Alice, alors âgée

de six ans tout au plus, fort naïve, et incapable, comme le sont les enfants, d'apprécier les âges, avait cherché dans sa jeune mémoire quelques refrains heureux, et avait précisément rencontré celui qui finissait ainsi : *Requinquez-vous, vieille, requinquez-vous donc!* Il était question de rubans roses, de blanc jasmin, de frais lilas ; puis on retombait sur le terrible refrain : *Requinquez-vous, vieille, requinquez-vous donc!*

En frappant sans le savoir un coup mortel, Alice avait eu, bien entendu, les rieurs de son côté, car on savait qu'il y avait eu en elle, non pas malice, mais ignorance. Néanmoins, la principale intéressée ne lui pardonnait pas la chansonnette, et en toute occasion se dressait une pointe d'inimitié puérile contre la pauvre petite. Celle-ci sentait vaguement cette répulsion et disait à sa mère :

— Je voudrais savoir pourquoi je n'aime pas du tout cette dame.

— Il faut aimer tout le monde, répondait la douce jeune femme ; et tout en restait là.

C'est pendant ce séjour à la campagne qu'il arriva à la petite Alice un grave accident. Elle était fort gentille ; aimable, prévenante ; mais la faiblesse humaine est grande ! Or, il y avait dans le parc de Kerniou un bras de rivière, dont l'eau coulait entre les saules, reflétant leur feuillage.

Une étroite baie, ménagée par la nature, mais qu'on avait bordée de roses, permettait de descendre par une pente très-douce jusqu'au bord de l'eau, et l'on trouvait en cet endroit une délicieuse barque, blanche, coquette, élégante! Hélas! qui ne le comprendrait? blanche barque et blonde fille avaient l'une pour l'autre un attrait puissant; mais comme on le pense, tout rapport leur était interdit, sinon en présence d'un témoin d'âge mûr. C'était pour Alice une de ces tentations permanentes qu'il faudrait fuir, la fuite étant moins difficile encore que la lutte. Quand elle passait près de la baie aux roses, comme on disait à Kerniou, elle ne pouvait s'empêcher de s'arrêter pour faire voir à son épagneul ou à sa poupée, ses deux intimes, la jolie embarcation qui se balançait gracieuse au moindre souffle. L'épagneul détournait ordinairement sa tête mignonne, sans donner aucun signe d'émotion, la poupée demeurait plus impassible encore.

Un jour, il y avait en quatrième la petite fille du jardinier, une enfant de huit ans, forte et entreprenante. Parfois les deux petites filles se rencontraient, et, par cet attrait singulier que sentent les contemporains, elles se rapprochaient et s'amusaient un moment.

Ce jour-là, Jeannette passa juste à temps pour entendre Alice dire à l'épagneul :

« Vois-tu comme elle est jolie, mon chien, cette barque blanche? Comme ce serait amusant d'y entrer! mais c'est défendu. Quel dommage!

— Oua! Oua! répondit simplement l'épagneul, sur un ton qui n'avait rien de compromettant. La petite fille adressa de même une allocution bien sentie à la poupée, dont la bouche resta muette et dont les yeux demeurèrent fixés sottement sur un point, toujours le même. Ce peu de correspondance chagrinait Alice, et elle était au moment de sentir l'insuffisance de toute créature, lorsque, un panier à la main, la grosse Jeannette lui apparut avec son visage rieur. Elle était en recherche d'un gros chou. Sa mère lui avait dit:

« Tu prendras le plus beau, mais dépêche-toi; faut que je le mette tout de suite dans la marmite; c'est pour nous manger, ce soir.

Jeannette était dès longtemps habituée à entendre dire dépêche-toi, et ne se préoccupait point de cette injonction familière. Les paroles n'étaient pour elle que des signes sans valeur, et elle ne comprenait réellement les recommandations et les reproches que quand on les assaisonnait d'une grêle de coups. Ah! alors, Jeannette se pénétrait de la question, et jugeait de l'importance par le plus ou le moins de vigueur dans la correction. Cette éducation brutale avait eu pour effet de la rendre, non pas obéissante, mais dissimulée. Dès que ses parents ne la voyaient pas, elle s'empressait de faire tout ce qui lui paraissait agréable, sans jamais se mettre en peine des défenses ou des menaces du gouvernement.

Ainsi faite, Jeannette se dressa devant Alice comme un type achevé de la bonne humeur. Son sourire laissait voir ses dents blanches, elle avait les yeux brillants; tout dans sa petite personne disait : Amusons-nous !

« Bonjour, Jeannette.

— Bonjour, Mamselle Alice.

— Où vas-tu donc?

— Chercher un chou.

— N'est-ce pas qu'elle est jolie, la barque?

— Je crois bien! On doit être joliment à son aise, dedans!

— Oui, mais je ne peux pas y entrer sans mes parents.

— Pourquoi donc?

— Maman a peur que je ne me noie.

— Ah ben oui ! n'y a pas de danger ! L'on irait là tout près; seulement un petit brin, pour l'histoire de rire.

— Tu crois, Jeannette?

— Ah ! ça serait ben facile.

— Nous ne saurions pas détacher la corde.

— Belle affaire ! ce n'est pas difficile. Tenez, voilà comme on fait, vous allez voir.

— Tu vas essayer, Jeannette ?

— Mais oui, c'est très-amusant.

— Voyons ?

— On tire comme ça, comme ça et puis comme ça. Voilà qui est fait.

— Déjà ?

— Sautez donc dedans, pour voir ?

— Je n'oserai jamais.

— De quoi donc que vous avez peur ?

Nous avons dit que la faiblesse humaine est grande, bien grande ! C'est pourquoi, une minute plus tard, Jeannette, le chien, la poupée, tout ce monde était embarqué ! Alice seule restait sur le rivage ; mais son cœur mal amarré sautait lui-même dans la barque ; ses petits pieds l'y suivirent, et tout fut dit.

Jeannette triomphait, plus fière que n'était fier au vieux temps le chef des Argonautes. Le but de l'expédition ? On n'en savait rien. Point de toison d'or, cette fois. Quitter le bord un instant, pour le seul plaisir de faire une chose..... faut-il le dire ?... une chose défendue. Il y bientôt sept mille ans qu'on y trouve du charme, et que ce charme est toujours suivi d'un mal quelconque.

Le premier moment fut délicieux. La poupée, les bras ouverts, étalait ses grâces raides et sa

robe rose d'un air béat, souriant indéfiniment à
la belle nature. Le chien s'était assis, le nez en
l'air, flairant le vent comme un petit marin, et
annonçant du goût pour la navigation et les
découvertes. Jeannette ne se sentait pas d'aise.
Plus du tout question de ce fameux chou qui
devait être si gros. Elle ramait tout gentiment et
ne se mettait en peine d'aucun danger, car elle
pensait qu'il n'y en avait point.

Mais quel navigateur a jamais eu le secret des
sinistres qui le menacent? Il n'y eut, sur cette
onde verte, ni bourrasque, ni tempête; son lit
paisible ne renfermait ni rochers, ni récifs; et
pourtant, la vie d'un être bien cher se trouva
tout à coup exposée. La blonde fille d'Alice, la
fraîche et inoffensive Lili, se pencha, bien invo-
lontairement, sur l'eau limpide. Jeannette, toute
à ses importantes fonctions de pilote, ne s'en
aperçut pas; Alice, toute à son plaisir, manqua
de surveillance; l'épagneul vit le danger et n'en
prit nul souci; il fut le coupable et Lili la victime! O effroi! O douleur!.... La mère de Lili
se lève en jetant un cri, elle a entendu le bruit
d'un corps léger qui tombe dans l'abîme. Elle
appelle sa fille, sa chère fille, qui, la bouche
souriante, s'en va sans émotion je ne sais où,
peut-être aux Indes?

Dans son élan maternel, Alice veut saisir la

malheureuse Lili par sa robe; elle étend les bras, se penche et tombe dans la rivière! Jeannette épouvantée perd la tête, et le bon petit chien, qui comprend qu'un grand malheur est arrivé, s'agite dans la barque, aboyant sans relâche, tandis que la frêle embarcation, dont le pilote pleure, s'en va à la dérive.

Pendant cette triste scène, il y avait dans les communs du château un bon cœur qui n'oubliait pas. Il se souvenait de la générosité de la marquise, il sentait ce qu'il lui devait, et souhaitait de lui rendre toute sa vie, de quelque manière que ce fût, le bien qu'elle lui avait fait. Ce bon cœur, c'était celui de Laurent, ramené si heureusement du mal au bien, et demeuré fidèle. Tout en travaillant, il entendit les jappements désespérés de l'épagneul et se dit : « Ce n'est pas pour rien qu'il aboie si longtemps; un accident est arrivé bien sûr. »

Sans jeter l'alarme, et obéissant à une forte impulsion, Laurent s'élance dans le parc, il va droit à la rivière, guidé par les cris de Jeannette et les jappements du chien; et là, il aperçoit, déjà loin, la barque blanche. Plus près, arrêtée par une branche de saule penchée sur l'eau, la pauvre Alice pâle, inanimée, attendait le secours.

— N'ayez pas peur, mamselle Alice, ça ne sera rien que ça !

Se jetant à l'eau, il nage jusqu'à l'enfant qui était près de l'autre bord, la prend dans ses bras, s'aide de la branche de saule pour remonter et longe la rivière jusqu'à la passerelle. De là au château, il franchit promptement la distance ; et porte Alice évanouie jusqu'aux pieds de la marquise. Les soins les plus intelligents lui sont donnés ; la voilà qui rouvre les yeux et retrouve, sous les ardents baisers de sa mère, le sentiment de la vie, de la chaleur et du bien-être.

Pendant qu'on s'empresse autour d'elle, Laurent appelle le jardinier ; il est absent ; sa femme apparaît.

« Eh ben, qu'est-ce qu'il y a donc? Vous voilà trempé comme une soupe, mon pauvre Laurent ; vous avez donc pris un bain tout habillé?

— Mathurine, venez vite, votre petite est tout là bas, venez !

— Où donc qu'elle est?

— Dans la barque qui s'en va à la dérive.

— Mais non, mais non, Laurent, vous ne savez ce que vous dites. Je l'ai envoyée dans le potager me chercher un chou, pour mettre dans ma marmite.

— Venez vite, Mathurine.

— Avec un morceau de lard.

— Je vous dis qu'elle est dans la barque

— Et puis de la petite carotte.

Alice veut saisir la malheureuse Lili par sa robe.

— Je vous dis que je l'ai vue; elle est déjà loin, elle pleure, elle crie, elle ne sait plus ce qu'elle fait.

— Mais non, mais non. Je lui avais dit d'en prendre un gros; elle met du temps à le choisir! Aussi je l'attends. Quand elle va revenir, elle sera bien reçue! Ah! elle en aura!

— Vous ne voulez pas me croire? Eh bien je vais la chercher tout seul.

Laurent s'élança de nouveau dans le parc. Il avait l'air si sûr de son affaire que la jardinière finit par le suivre, tout en s'étonnant qu'il se fût baigné sans avoir eu la précaution d'ôter ses habits; elle en revenait toujours là.

Cependant, Mathurine commençait à concevoir de l'inquiétude, ce qui lui arrivait rarement, et comme, au fond, elle aimait sa Jeannette de tout son cœur, elle frémissait du danger auquel l'enfant pouvait s'être exposée; et, moitié amour, moitié colère, se promettait de lui donner en tous les cas de fameuses claques! C'était la conclusion inévitable de toute difficulté entre la mère et l'enfant.

Oui, hélas! c'était bien Jeannette; le jeune paysan le ramenait, en lui disant de bonnes paroles, car elle était tout en larmes devant les terribles conséquences de ce qu'elle avait fait.

Dire la joie de Mathurine en revoyant sa grosse Jeannette, dire son épouvante en pensant qu'elle aurait pu se noyer, cela ne se peut pas. En apprenant du jeune valet de pied la sinistre aventure d'Alice, il se joignit aux sentiments de Mathurine un mélange de compassion, de terreur, de regret ; bref, ne sachant trop comment traduire l'ensemble, elle tomba sur la coupable : Piff! paff! Pan! En veux-tu? en voilà!

Laurent demandait grâce et parait les coups. Il fallut que la bourrasque passât. Après avoir ainsi exhalé le trop plein de son cœur, la pauvre femme, bonne au fond malgré sa brutalité, se mit à pleurer à son tour, se lamentant à haute voix, d'un ton où se peignait plus de tendresse que de mécontentement. — Dire qu'on n'a que cette petite, et qu'elle vous fait endêver du matin au soir! Son père qui n'a des yeux que pour la regarder! Avise-toi de te noyer! Tu auras affaire à moi, va!

Jeannette savait qu'il ne fallait pas irriter sa mère par une réponse hardie ; elle marchait en silence, s'étant mise avec intention du côté de Laurent, son défenseur. Celui-ci lançait de temps à autre quelques paroles de conciliation, et l'on arriva ainsi à la maison du jardinier.

La colère de Mathurine étant tout à fait passée, elle prit grand soin de sa Jeannette, et lui promit, comme une merveille, de ne pas la faire corriger par son père. Elle finit par lui donner une beurrée pour se remettre en équilibre, et un doigt de vin pur, ce qui passait pour un cordial de première force, vu qu'on ne buvait que du cidre.

Au salon, tous s'étaient réunis autour d'Alice. On n'avait songé qu'au bonheur de voir ses yeux chercher sa mère en se rouvrant. Nul n'avait trouvé un reproche à lui adresser en présence du danger qu'elle avait couru. Mais quand tout fut calme, l'enfant sentit d'elle-même où l'avait entraînée sa lourde désobéissance, elle se reconnut fautive, et demanda bien tendrement pardon à sa mère et à son aïeul. On lui répondit par des larmes et des caresses. Après cette scène attendrissante, et pendant que l'épagneul, tranquille enfin sur le sort de sa jeune maîtresse, lui léchait les mains, elle s'informa tout maternellement de sa chère Lili.

« Ma petite enfant, dit la marquise, nous t'avons jugée bien assez punie de ta faute, et nous n'avons rien voulu ajouter à ce que tu as souffert; mais une peine suit toujours une désobéissance, je ne puis te faire échapper à cette loi; il ne faut plus penser à la pauvre Lili; tu ne la reverras plus.

— Comment? Est-ce qu'elle s'est noyée

— Oui, et il ne s'est pas trouvé de Laurent
pour la rendre à sa mère.

Alice pleura à chaudes larmes, car Lili était,
paraît-il, une petite personne accomplie. Enfin,
il fallut bien se résigner.

— Quand nous retournerons à Paris, dit la
marquise, je te donnerai une autre poupée.
D'ici là cette privation te fera comprendre, ma
pauvre petite, qu'un enfant doit toujours obéir
à sa mère, qu'il soit sous ses yeux, ou qu'il ait
eu l'imprudence de s'éloigner.

On devine les témoignages d'affectueuse gratitude donnés à Laurent par toute la famille. Le
jeune serviteur avait été le moyen dont s'était
servic la Providence pour conserver Alice à l'a-
mour des siens. Ce n'est pas par de l'argent que
le dévouement se récompense, c'est par la délicatesse. Le général voulut aller, le jour même,
voir la Benoît pour lui dire : « Votre fils est un
brave garçon qui nous a sauvé notre enfant. »
La pauvre femme en fut bien heureuse.

Les trois petites filles étaient là ; les deux
aînées, fort intimidées de la présence du général ; la petite Joséphine causante et souriante.
Ce fut à elle qu'il s'adressa pour tirer de son
bavardage des renseignements sur la situation.
Elle dit beaucoup en peu de mots, et sans s'en douter. L'heureux grand-père se fit avouer le reste par

la Benoît qui, tranquillisée sur le sort de sa chaumière depuis qu'on avait donné des garanties aux créanciers, n'en était pas moins bien inquiète de l'avenir.

Le général, pour faire de son jeune serviteur un homme d'ordre, voulait que la position de la mère fût améliorée surtout par le travail du fils; il y avait là un mobile puissant pour soutenir son courage, et l'empêcher de tomber dans les désordes trop fréquents parmi les garçons qui s'en vont servir à Paris. Il dit donc à la Benoît que les gages de Laurent, récemment portés à trente francs, le seraient à quarante, et que, de plus, il voulait avoir le plaisir de faire un cadeau aux petites filles. Toutes trois ouvrirent de grands yeux, et leur mère pleura de joie quand elle vit le général donner à chacune une pièce de vingt francs.

Soixante francs tombés tout à coup dans la pauvre chaumière, c'était une petite fortune. Et puis, les gages augmentant, on satisferait peu à peu les créanciers, et l'on se tirerait d'embarras, la chose était certaine. Quel apaisement dans le cœur de la pauvre veuve! Elle allait donc dormir tranquille, sous ce toit de famille; on ne la verrait pas s'en aller, triste, humiliée, porter ailleurs sa misère. Au contraire, tout progresserait autour d'elle, une espérance fondée donne tant

7

de courage! Le bon général se leva, et Joséphine lui demanda si, avec sa pièce d'or, elle ne pourrait pas acheter un grand bonhomme en pain d'épice qu'elle voyait depuis longtemps à la vitrine de l'épicier, et qui était bien beau.

— Tu auras ton bonhomme, répondit-il, charmé de la confiance expansive de l'enfant, et tu l'auras par-dessus le marché, sans diminuer de valeur ta pièce d'or.

Joséphine fit un véritable saut de cabri. Le général eut la bonté de l'emmener chez l'épicier et de mettre dans les bras de la petite fille ce grand bonhomme, à l'air niais, qui lui plaisait par-dessus tout.

Laurent ne tarda pas à apprendre ce qui s'était passé et en fut bien content.

Le soir, son service l'ayant conduit chez la marquise pour fermer les persiennes, il la vit entrer dans sa chambre, brisée des émotions du jour. Elle lui avait adressé devant tous les plus chaleureux remercîments, au sujet d'Alice; mais, à cause de la faute et du pardon qui constituaient un secret, et par conséquent un point de rapprochement entre elle et le jeune paysan, la mère sentit le besoin de lui exprimer de nouveau, et seule à seul, ce qu'elle éprouvait.

— Laurent, dit-elle d'une voix très-douce, sans vous je n'aurais plus d'enfant.

— Ah madame ! Et moi, sans vous, que serais-je devenu ! Ah ! je n'ai pas oublié, allez ! il n'y a pas de danger !

— Moi non plus je n'oublierai jamais l'immense service que vous m'avez rendu.

— Faut pas dire ça, madame ; je n'ai pas risqué ma vie pour rattraper mamselle Alice ; mais, de vrai, je l'aurais bien risquée tout de même, s'il avait fallu.

— Bon Laurent !

— Je vous dois plus que la vie, moi ! ..... ma pauvre mère !.. Elle en serait morte. Au lieu de ça, voilà que tout va s'arranger chez nous. »

Le pauvre garçon était bien ému ; sa voix tremblait. Il n'en fallait pas tant pour toucher une mère à qui son enfant venait d'être rendu. Elle tendit la main à son serviteur et lui dit du fond de l'âme : « Merci ! »

Il remonta dans sa chambre, le cœur tout remué, et au lieu de se coucher, il ouvrit sa malle, en tira le vieux portefeuille et y prit la lettre de Marie, dont il baisa avec respect l'enveloppe. La seule vue de cette précieuse enveloppe faisait naître en lui de fortes émotions, en le reportant à l'heure fatale où il avait glissé, des deux pieds à la fois, sur la pente maudite. C'était la petite Marie qui l'avait arrêté dans sa chute, c'était sa

parfaite innocence qui lui avait servi de bou-
clier, et la généreuse bonté de la marquise avait
fait le reste.

Laurent remarqua avec regret que la précieuse enveloppe, blanche et satinée, perdait de
sa fraîcheur. Le contact du portefeuille, précé-
démment mis au rebut pour cause de vétusté,
lui était défavorable ; et pourtant, il voulait la
conserver toute la vie. Il se proposa donc de la
préserver en l'enveloppant elle-même d'un morceau de papier fin. Auparavant, il voulut relire
la lettre de l'enfant, devenue son ange gardien
sans le savoir, puis il la renferma avec un soin
touchant, et se mit à repasser en son esprit ce
triste et secret épisode de son existence. Humblement agenouillé, le paysan breton remercia
Dieu d'avoir choisi pour lui l'indulgence et l'en-
couragement, au lieu de la justice et de la puni-
tion.

Le lendemain de ce jour fut une véritable fête
de famille. On voulait effacer une sorte de frayeur
demeurée dans l'esprit de l'enfant, même au sein
de la plus douce quiétude. Chacun s'efforçait de
la distraire et chacun y parvenait ; mais la petite
fille redevenait promptement sérieuse et tranquille, ce qui était en elle un signe de mauvaise
disposition physique.

Quelqu'un parvint cependant à chasser complétement le nuage; ce fut Rosella et voici de quelle manière.

La vieille dame, type original de la coquetterie ridicule et surannée, éprouvait disait-elle, depuis quelque temps, une ombre de spleen, état purement maladif, se hâtait-elle d'ajouter poliment, car dans une aussi aimable société que celle de Kerniou, la tristesse ne pouvait être que maladie.

La vérité était probablement que la vicomtesse, dans ce milieu raisonnable, respirait le bon sens à trop forte dose, cela lui faisait mal, à cause du manque d'habitude. Quoi qu'il en fût, les hôtes voulaient combattre de leur mieux ce malaise. On proposa de longues promenades en voiture, qui furent acceptées et effectuées; on alla faire des visites à deux ou trois lieues à la ronde, ce qui devait avoir pour résultat immédiat d'attirer au château les voisins; on donna des dîners. La pauvre vicomtesse, très-élégante, très-remuante, très-causante, n'en ressentait pas moins, les étrangers partis, cette langueur vague qui, effectivement, contrastait autant que possible avec sa nature légère.

— Je suis dans mes noirs, dit-elle enfin, d'un air découragé. Il faut que j'aie recours à un remède énergique qui m'a toujours réussi dans ces malaises dont je suis quelquefois atteinte. »

Les châtelains et leur amie se montrèrent empressés à tout entreprendre pour soulager la vicomtesse; il fallait bien exercer noblement les devoirs de l'hospitalité, puisque la malheureuse enveloppe, en se trompant, avait fait de l'importune une commensale, une amie, un secours. Le général ne se pardonnait point sa distraction. Que je m'en veux! disait-il, c'est moi qui suis la cause d'un si profond ennui!

Il s'empressait néanmoins auprès de la prétendue malade.

« Je vais vous envoyer chercher un médecin.

— Point de médecin; j'ai mon ordonnance toute faite.

— Ah! c'est fort commode. En ce cas, on va atteler tout de suite pour aller chez le pharmacien.

— Point de pharmacien. J'emporte partout les substances qui ont le pouvoir de me guérir.

— Heureuse femme! Que ne puis-je en dire autant au sujet de ma goutte! Mais quelles sont donc ces fameuses substances, si ce n'est pas une indiscrétion? Voyons? quinine? thériaque? laudanum? perles d'éther? lactucarium? aconit?....

— A d'autres! grand merci, général. En deux mots, je vais vous dire ce que j'ai coutume de faire quand je me sens dominée par les idées chagrines, les souvenirs néfastes; car enfin, chacun a ses peines dans cette vie et, on a beau faire, on ne parvient presque jamais à les oublier entièrement. »

Un très-gros soupir servit de point final; ce soupir avait pour objet, moins les peines, que la difficulté de les oublier entièrement.

La marquise s'étonnait toujours devant cette nature d'enfant au déclin de l'âge. Elle comprenait qu'on pût, avec beaucoup de force de caractère, ne point fatiguer les autres du récit ou du spectacle de ses peines; mais *faire exprès d'oublier!* Oh! elle ne comprenait pas cela!

Cependant, on se demandait où allait en venir la vicomtesse? Elle fit la déclaration suivante d'un air fort grave, et sans même remarquer que l'envie de rire du général menaçait de prendre un tour contagieux.

« Quand l'âme se sent pour ainsi dire enveloppée d'une atmosphère nébuleuse, elle doit, mes chers amis, s'efforcer de se surmonter elle-même, et elle y parvient en quittant l'ornière, en s'élevant à des régions supérieures.

— Mais ce que vous nous dites-là, c'est de l'ascétisme pur!

— Ne riez point, général.

— Je m'en garde! Vous me voyez tout confit d'admiration. Je crains seulement de ne pas comprendre la fin, tant les débuts me semblent au-dessus de moi. Poursuivons, je vous en prie.

— Vous n'avez pas l'air de prendre la chose au sérieux, et pourtant je ne plaisante pas.

— Ni moi, certes! Comment donc? La médecine d'expérience est la meilleure; c'était celle des anciens, qui se portaient mieux que nous.

— Eh bien, voici en quoi consiste mon traitement dans ces états de crises nerveuses. Distraire le fond même de l'être, ce qu'il y a en nous de plus *intime*, c'est une nécessité absolue en certains cas.

— Je n'en doute point; mais trouver ce qui distrait le fond même de l'être, ce qu'il y a en nous de plus intime, c'est précisément là le *hic*, reprit le général, qui s'amusait volontiers à taquiner la vicomtesse par des citations latines, ce qu'elle avait en horreur.

— Ayez la bonté de me parler français.

— Pardon; je voulais dire la difficulté.

— La difficulté?... je l'ai cherchée, je l'ai combattue, je l'ai vaincue!

— Cela revient au *Veni, vidi, vici,* de César.

— Point de César le moins du monde. Pour une femme, un des plus grands intérêts de ce monde, c'est la toilette; vous en convenez avec moi?

— Vous m'avez fait l'honneur de me le dire souvent.

— Oui, c'est par la toilette que l'esprit se détend, que l'équilibre se rétablit.... Vous avez l'air de ne pas le croire?

— Moi? je n'ai pas d'air du tout. La conclusion, s'il vous plaît? car jusqu'à présent vous vous tenez dans les hauteurs des principes et des théories. Je voudrais vous voir descendre aux conséquences pratiques. Par exemple, dans l'état pénible où vous voilà réduite, qu'allez-vous employer comme moyen curatif?

— Je vais tout simplement, ne vous en déplaise, consacrer tout un jour à essayer mes robes, mes chapeaux, mes coiffures; à chiffonner, à perfectionner, à inventer au besoin, car vraiment, la variété dans les modes, c'est un plaisir toujours renaissant.

— De sorte que vous allez, si j'ai bien saisi, essayer vos robes pour rétablir l'équilibre rompu?

— Oui, sans doute. Cela vous étonne?

— Je ne m'étonne plus de rien. Ce traitement me paraît fort simple.

— Simple, mais infaillible.

— Supérieur en ce cas à bien d'autres, qui sont pourtant compliqués.

— Ma femme de chambre est au courant. Elle sait que c'est ma manière de me soigner. Elle est fort adroite, Francine, et entre assez dans mes idées pour créer des modes qui m'avantagent; seulement, elle a un grand défaut; la pauvre fille n'a que deux mains, et il m'en faudrait six qui chiffonneraient sous mes ordres.

La marquise et son amie eurent la politesse de ne pas rire, bien qu'elles se rappelassent le terrible refrain d'Alice : « *Requinquez-vous, vieille, requinquez-vous donc!* » Par une condescendance, pleine de grâce et d'urbanité, elles proposèrent chacune l'aide de leur femme de chambre.

« Voilà vos six mains trouvées ! Quand commencera la cure?

— Demain matin, général, puisqu'on s'y prête avec tant d'amabilité. Dans mon état, plus tôt on se soigne et mieux l'on fait.

— C'est mon avis.

— Si ces dames veulent bien ajouter à leur gracieuseté celle de venir me donner leur goût et leur approbation, je leur en serai fort reconnaissante.

— Comment? les dames seulement seront admises à faire galerie? Cela, c'est une injustice? »

La vieille coquette prit un air digne, tout à fait amusant, et finit par accorder au vieux général la faveur insigne qu'il briguait.

« Allons, dit-elle avec un laisser-aller char-

mant, quand on aura composé la plus jolie toilette, on vous fera prévenir. »

Ce fut dès lors une espèce de charade en action
jouée dans le château : tout le monde savait le
mot d'avance, et ce mot était : *Ridicule*.

Le lendemain, dès l'aube, les trois jeunes
femmes de chambre, Francine, Elvire et Léontine,
se réunirent dans l'appartement de la vicomtesse et, tandis que celle-ci sommeillait encore,
elles se mirent en devoir, fort gaiement, d'étaler
sur les fauteuils du salon, sur les tables et sur
les chaises, tout ce qui avait été apporté de Paris
à Kerniou. C'était le contenu de huit caisses !
Les trois filles rirent de bon cœur, entre elles,
de l'étrangeté de la cure, et ce fut récréation
complète.

Qui s'amusait plus que toute autre? Alice. Ses
parents étaient enchantés de cette forte diversion
qui mettait en son esprit le comique à la place
des effrayants souvenirs d'une navigation malheureuse. En d'autres circonstances, on eût
sauvegardé la vieillesse du rire de l'enfant;
mais il était avéré que Rosella voulait être jeune
à ses propres yeux et aux yeux de tous, et
qu'elle refusait le respect; elle était donc, par
là même, abandonnée à la plaisanterie, et sa vue
suffisait pour guérir de la vanité les jeunes et
les vieux.

Alice s'était assise sur une chaise basse, devant la cheminée, dès que la vicomtesse l'avait fait appeler dans sa chambre. Elle n'aimait guère la petite fille; mais c'étaient pourtant deux yeux qui regardaient. De la place qu'occupait Alice, on voyait, non-seulement la dame campée devant une armoire à glace, mais encore son image; double plaisir.

Rosella, agréablement agitée, appelait, l'une après l'autre, ou toutes à la fois, les trois chambrières.

Francine se trouvait, de droit, préposée au soin des coiffures. Or, ce que Rosella appelait pompeusement ses coiffures, c'était tout bonnement trois perruques. La première d'un négligé heureux, jouait les rôles d'intérieur. La seconde offrait un vaste ensemble de boucles, de coques, de nattes, capricieusement contournées. Cela était fort naturel et pourtant ne trompait personne, à cause des rides du visage accusant une date de beaucoup antérieure à celle de la moderne chevelure. Quant à la troisième, c'était une perruque à sensation. Elle frappait pour toujours les heureux témoins de ses charmes. La brune Rosella avait passé sa longue vie à désirer d'être blonde. Impossible. Mais depuis que ses rares cheveux étaient devenus, bien malgré eux, d'un gris compromettant, elle avait décidé, avec son coiffeur et Francine, deux familiers complaisants, qu'on pouvait parfaitement varier la nuance de son couvre-chef. Devenir blonde, c'eût été pour le coup manquer de couleur locale; on devenait de temps en temps châtain clair.

Alice n'avait encore rien vu d'aussi singulier que cette petite vieille en face d'un grand miroir, revêtant *pour s'amuser* robes de velours, robes de soie, robes de tulle, peignoirs brodés, corsage *décolletés* ou montants, trois ou quatre colliers l'un après l'autre, des douzaines de bracelets, des fleurs, des rubans, des pompons, des perruques!

La vieille dame avisa tout à coup une robe de bal fort jolie, mais dont les garnitures n'étaient pas, disait-elle, disposées selon son goût et à son avantage. Saisie aussitôt de la fièvre du perfectionnement, elle se tourna vers ses trois ouvrières et, prenant d'un air capable la haute direction de cette vigoureuse entreprise, elle les fit tailler, rogner, coudre et découdre sans désemparer, indiquant du regard, du geste et de la voix, les suaves conceptions de son hardi cerveau.

C'était, fort heureusement, non le temps des étuis, mais celui des larges et bouffantes jupes; on pouvait jeter à profusion fleurs, rubans et dentelles; on ne s'en fit pas faute : ce fut ravissant, admirable, inimitable !

Après chaque manœuvre, habilement exécutée, Rosella s'écriait :

« Essayons! Essayons! »

Alice ouvrait les yeux plus grands encore, et contemplait le double personnage qui se dressait de chaque côté de l'armoire à glace.

De temps en temps, Espérance et Pauline montaient à l'appartement où se passait l'étrange scène; mais elles évitaient de s'y trouver ensemble, de peur de rire devant les femmes de chambre, car, bien que le mot de la charade ne fût un secret pour personne, il était convenu qu'on ne le prononcerait pas devant les inférieurs. Rien ne pouvait être plus agréable à Rosella que l'apparition des jeunes femmes. Elle leur disait avec une bonhomie sans pareille :

« Ce que c'est que la toilette! Combien elle ajoute à nos charmes! »

Le bon général n'avait jamais tant ri. D'heure en heure, il venait gratter discrètement à la porte, disant tout bas :

« Est-ce le moment? Puis-je entrer? »

Tout effrayée, Rosella faisait un petit saut en arrière, qui manquait toujours de souplesse, et criait d'une voix de fausset :

Elle voulut bien accepter son bras.

« Pas encore, général, pas encore! Un peu de patience, on vous appellera. »

Cela devenait bouffon, et la grande enfant était la seule qui ne s'en aperçût pas. Enfin, un peu avant sept heures, le jour baissant, car la saison s'avançait, on fit prévenir le général.

Il entra, les femmes de service avaient été congédiées; les candélabres jetaient leurs feux sur la scène, et la figurante, en présence des deux dames et d'Alice, attendait, dignement assise sur un canapé, qu'elle couvrait entièrement de sa jupe, chef-d'œuvre de cinq mètres de pourtour, avec flots de dentelles et pluie de fleurs!

Le général, au lieu de rire comme il en avait si bonne envie, prit la charade où elle en était et joua son rôle. S'avançant, courtoisement incliné, il fit trois saluts, baisa la main gantée qu'on lui tendait, et dit avec un sérieux surprenant quelques paroles renouvelées de l'ancienne galanterie française. Il fut payé d'un sourire, et comme on sonnait le dîner, il s'enhardit au point de demander qu'on voulût bien accepter son bras, et se rendre, ainsi parée, à la salle à manger.

« Allons, dit Rosella, je ne sais rien vous refuser. »

On descendit, on dîna fort bien, et le soir,

quand vint le moment de se séparer, le vieux
général dit gaiement :

« Vicomtesse, vous êtes guérie?

— C'est vrai.

La toilette, voyez-vous, c'est le remède le plus
approprié aux maux du corps et de l'esprit. Je
me sens alerte et fraîche, comme à vingt ans !....

Un petit éclat de rire échappa à la pauvre
Alice; sa mère la regarda sérieusement.

« Ne vous fâchez pas maman, dit-elle; ce n'est
pas ma faute. Vous m'aviez bien défendu de
rire, et je me suis retenue toute la journée.»

Rosella lança un regard perçant à Alice, et le
général dit à demi-voix, prévoyant l'effet : *Indæ
iræ* !

CHAPITRE IV

Marie Dubreuil.

Est-il un être plus intéressant que l'enfant du pauvre, qui souffre déjà de la vie, qui se résigne, ne se plaint pas, et essaye, selon ses forces, de diminuer la somme des privations et des douleurs que supportent ses parents? Telle était Marie Dubreuil.

Nous l'avons vue, à l'âge de neuf ans, charmer et consoler son père, entretenir doucement les illusions du cher malade, afin de le rendre moins malheureux. Dubreuil était, à juste titre, très-fier de sa fille, et souvent il disait à Marguerite :

« Tiens, ma femme, sans la petite, je ne sais pas ce que nous deviendrions! »

Il avait raison; s'il restait un rayon de bonheur au logis du menuisier, on le devait à Marie. C'était elle qui, comme un oiseau aimant sa cage, gazouillait avec enjouement, faisant sourire le malade et la mère inquiète et fatiguée.

« Je me passerais plutôt du soleil que de ma fillette, disait Dubreuil. Il a des caprices; elle n'en a jamais. »

Non, la fillette ne laissait pas se dérober la gaieté, l'entrain de son âge, sous les nuages qui passaient à son triste horizon. Quand son aimable nature se lassait de cette existence étroite, elle appelait à son secours la belle doctrine que lui enseignait sœur Euphrasie, sur les consolations que Dieu garde à la pauvreté acceptée, supportée sans envie, et combattue par la constance du travail. Elle était encore bien jeune, Marie, et pourtant sa présence était d'une grande utilité dans la maison.

Aussitôt habillée, elle faisait sa prière du matin; puis, sa boîte de fer-blanc à la main, disait gaiement :

« Allons, je m'en vais chercher mon pain et mon lait; tu vas prendre ton café, mon petit père, cela te fera du bien. »

Elle partait lestement, et la gentille messagère

était connue dans le quartier pour sa tenue dé-
cente, son air posé, modeste et de bon ton.

Le café du matin était devenu une nécessité pour
le père de Marie; il ne prenait plus avec plaisir
que cela; et sa femme s'entendait avec sa fille
pour lui cacher les petites difficultés qui naissaient
parfois à ce sujet.

Dans un moment d'embarras, Marie avait dit
en secret à sa mère :

« Maman, tu me diras quand nous n'aurons
plus assez d'argent pour le café de papa, et je
mangerai un peu moins pendant deux ou trois
jours, pour qu'on puisse lui refaire sa provision.»

La bonne mère avait répondu :

« Mais il faut manger pour grandir, ma fille.

— Le plaisir fait grandir aussi, ma petite maman, j'en suis sûre! Quand je vois papa tremper
son pain grillé dans son grand bol de café au lait,
et manger de bon appétit, je suis si contente,
vois-tu, que je dois grandir.

— Tu crois?

— Oui, oui, sois tranquille; je suis très-forte,
moi, sans que cela paraisse. »

Hélas! non, cela ne paraissait pas; la pauvre
petite était maigre et pâle, plus courageuse et
plus dévouée que robuste. Mais un cœur chaud,
un cœur délicat, c'est un trésor; et ce trésor, Dubreuil le possédait dans sa misère. Marie savait

se priver pour son père, et surtout lui cacher adroitement ces privations.

La vie de l'enfant était déjà une vie utile. Après l'école du matin, elle trouvait moyen de rendre quelques services pour l'entretien du ménage; et après l'école du soir Marie cousait afin d'avancer le travail de sa mère, ou de faire durer plus longtemps le linge qu'on ne pouvait pas remplacer.

Enfin, à toute heure sa présence était un secours, une distraction, plutôt une bénédiction.

« Ah! la bonne fille que j'ai là! disait un jour Dubreuil à sa femme, en se frottant les mains. Va! je ne la donnerai pas au premier venu!

— Nous n'en sommes pas là, mon bon ami; ne t'en tourmente pas.

— Moi, je pense toujours à l'avenir. Je vois Marie, dans quelques années, grande, bien faite, jolie, bonne ouvrière. On me la demandera de tous les côtés, rien que pour sa bonne conduite et sa charmante figure; mais je ne la laisserai pas quitter mon toit, à moins que ce ne soit pour être beaucoup plus heureuse que chez nous. Ma femme, qu'en penses-tu? Si nous la donnions de préférence à un homme établi, payant patente? Elle serait là, bien tranquille dans son petit commerce, assise au comptoir, tenant sa caisse, répondant à la clientèle, donnant des ordres aux commis.

— Elle aurait des commis?

— Pourquoi pas?

— Mon pauvre Dubreuil, tu parles de notre petite comme si nous avions une dot à lui donner?

— Une dot? Mais j'espère bien lui en donner une! je ne serai pas toujours malade. D'abord, je vais mieux, je ne souffre presque plus. Je tousse encore; mais avec le temps qu'il fait, cela n'a rien d'étonnant. Le patron me disait hier qu'aussitôt mon retour à l'atelier, il me trouvera autant d'ouvrage que j'en voudrai. Et tu sais que je suis bon ouvrier, certes! Quand on gagne beaucoup, on met de l'argent à la caisse d'épargne, et la dot s'amasse. Et puis, tu oublies toujours qu'il ne faut qu'un moment pour gagner cent mille francs et plus! On n'a qu'à prendre un billet de loterie et à tomber sur un bon numéro.

— Oui, mais il y a de la place à côté!

— A côté! à côté! Pourquoi ne veux-tu pas me laisser l'espérance?

— Tu as raison, il faut toujours penser que tout ira bien, » se hâta de répondre la pauvre femme, car elle avait jeté un regard sur son mari, et la fièvre qui le minait donnait à son visage ce caractère d'animation ardente, que la prostration suit de si près !

Dubreuil descendait rapidement la pente que nul homme n'a remontée. Il ne fallait pas lui ôter le dernier bien, le seul qui lui restât. Caressant donc l'avenir en sa pensée, en ses discours, il échappait au présent, dont sa femme et sa fille portaient tout le poids. Marguerite, inquiète devant la réalité, se bornait à ne pas se plaindre. Marie composait encore du bonheur pour les derniers jours de son père.

Ainsi s'écoulèrent quelques lourdes et pénibles années. On vivait petitement, avec la plus stricte économie ; cependant, le père recevait tous les soins indispensables et, par suite de cet égoïsme maladif qui nous atteint, lorsque nous souffrons, il ne s'inquiétait plus de la provenance des adoucissements qu'on apportait à sa situation. Marie lui disait de temps à autre, et toujours en riant :

« Mon petit papa, sœur Euphrasie me fait des cadeaux parce qu'elle est contente de moi. » Il souriait et acceptait ces cadeaux, avec l'impétueux désir du malade qui croit hâter sa guérison.

La marquise, dont le cœur véritablement bon n'oubliait pas, n'avait jamais perdu de vue la famille du menuisier ; et c'était par elle que venait le secours dans les moments de crise. Cette douce et tutélaire puissance qui, à l'heure dite, agissait sans paraître, n'était plus une force mystérieuse pour la bonne Marguerite. Elle était descendue par degrés, la pauvre femme, jusqu'à celui où toute honnête fierté doit plier à son tour devant le malheur et la nécessité, où l'âme éprouvée doit consentir à être, en toute circonstance, redevable aux autres. Marie lui avait dit un soir, pendant que son père sommeillait :

« Maman, ne sois pas fâchée si je t'ai caché quelque chose. »

En même temps, elle avait jeté avec tendresse ses bras autour du cou de sa mère, et il y avait eu, de part et d'autre, un affectueux attendrissement. Le nom de la marquise avait été prononcé, l'histoire des trois enveloppes racontée sans en passer ; et pour finir, la chère enfant avait ouvert sa petite caisse et cherché tout au fond les deux enveloppes qui restaient.

« La belle dame m'a dit : Vous m'écrirez trois fois. — Chère maman, si j'ai écrit pour la première fois sans te le dire, il y a quelques années, c'est parce que nous étions trop pâles, tu-sais ? Depuis ce temps, nous avons toujours été aidés soit par un peu d'ouvrage, souvent payé d'avance, soit par un peu d'argent que me donnait sœur Euphrasie. Tout cela venait de la

marquise. Elle s'appelle, de son petit nom :
Espérance. Oh ! comme cela lui va bien !

— Que ce nom soit béni ! avait répondu la
mère de Marie ; et, depuis ce jour-là, il y avait
eu, entre elle et son enfant, de fréquents entre-
tiens à voix basse, sur la marquise et sur la
délicatesse de ses bienfaits.

— Maman, disait Marie, elle est bien bonne,
bien aimable, bien généreuse. Pourquoi donc y
a-t-il tant de personnes qui voudraient rendre
les riches pauvres?

— Parce que ces personnes-là ne comprennent
pas que l'égalité des fortunes est impossible.
Ce sont les riches qui font travailler les pauvres, et les aident à vivre.

— Mais on dit qu'il y a beaucoup de mauvais
riches; est-ce vrai?

— Il y en a, oui. Ceux-là sont fiers, méprisants,
avares; le bon Dieu ne les aime pas.

— Chère maman, si j'étais riche, je voudrais
être comme la marquise, pas fière du tout et bien
bonne.

— Ma petite fille, tu es pauvre. Nous autres,
nous avons pour devoir de travailler selon nos
forces, de nous contenter de peu, de ne pas en
vouloir aux riches, et d'accepter d'eux le secours,
avec reconnaissance, quand notre travail est
insuffisant. »

Ainsi Marguerite éclairait le cœur de sa fille ; et le logis du pauvre menuisier demeurait fermé à tout murmure contre Dieu et contre les hommes.

Marie grandissait au milieu de ce bon sens pratique qui, de bonne heure, apparaît à l'enfant pauvre, et le rend raisonnable avant l'âge, s'il est bien dirigé. Elle roulait dans sa jeune tête des projets courageux, mêlés d'enfantillage, tous tendant à améliorer la situation de ses chers parents. Une seule chose lui manquait, pensait-elle, c'était la force.

« Oh ! si j'étais grande ! que je voudrais être grande ! » Ces exclamations lui étaient familières.

La force vint peu à peu, bien lentement, comme elle vient à l'enfant de Paris qui a juste assez d'air, d'espace et de nourriture. Marie atteignit quatorze ans. Elle savait coudre et se montrait déjà assez habile. Non-seulement elle avait profité des leçons de l'école, mais son cœur aimant lui avait enseigné la science rare et précieuse de tirer tout le parti possible de ses facultés, de les doubler même pour le bien-être de la famille.

Dubreuil était content quand il regardait sa fille et comme, devant lui, elle était toujours souriante, il ajoutait à ses illusions celle de la croire heureuse.

Et cependant, Marie partageait toutes les inquiétudes de sa mère et voyait s'avancer ce jour où leurs communs efforts deviendraient impuissants à prolonger une existence bien chère.

Un soir d'hiver, il y eut une place vide à table et au foyer, et les deux femmes restèrent toute seules à lutter contre la vie. Le bon Dubreuil n'avait perdu ses illusions maladives qu'aux derniers instants, et en face de la divine espérance qui donne aux chrétiens une force contre l'adieu, et leur montre pour refuge un Être souverainement bon.

Marie, ce jour-là, s'était sentie grandir moralement de toute la distance qui sépare une enfant d'une femme. Se vouer à sa mère, vivre pour elle, se fatiguer, s'user, pour qu'elle réparât ses forces épuisées, voilà ce qu'elle voulait; mais le moyen? Elle était encore si jeune! Et le monde, lui avait-on dit, était si grand et si mauvais!

Une pensée la consolait, c'était l'espoir de ne pas quitter sa mère, de ne pas la laisser toute seule en face de ses regrets, de ses épreuves, ne revoyant son enfant que bien tard, et la reperdant chaque matin. C'était ce qui aurait lieu si on la mettait en apprentissage, ou si elle entrait, comme factrice, dans un magasin.

« Maman, dit-elle un jour, décidément je ne

pourrai jamais m'habituer à l'idée que tu es ici
sans ta petite fille! Non, c'est impossible? Et
puis, en apprentissage, je ne gagnerai rien et
pendant bien longtemps. Vois, maman, je sais
coudre, et bien coudre, la sœur l'a dit; pourquoi
donc ne pourrais-je pas gagner ma vie, comme
tant d'autres, en cousant à la maison?

— Parce que le travail d'une fille qui coud est
trop mal payé. On n'avance guère à tirer l'aiguille. Tu t'épuiserais pour rien, ma pauvre enfant.

— Mais pourtant, il y a des ouvrières en
chambre?

— Elles sont bien malheureuses, va !

— Oh oui! si elles n'ont pas de mère! Mais
moi, je serais ici avec toi; je ne m'ennuierais
jamais. Tiens, il me semble que je saurais me
tirer d'affaire! Songe donc que j'ai quatorze ans
et demi?

— A quatorze ans et demi, et même à dix-huit
ans, on fait bien peu dans sa journée, à moins
qu'on ne soit pas arrêté comme nous par la
pauvreté, et qu'on n'achète une machine à
coudre.

— Une machine à coudre? Oui, c'est là ce qu'il
me faudrait pour ne jamais te quitter.

— Il n'y a point à y penser, ma fille; nous
sommes pauvres pour toujours, moi du moins.

Toi, tu as l'avenir; qui sait? Mais quant au présent, il ne faut parler que de ce qui est possible.
Donc, ma bonne petite, je vais te mettre en
apprentissage chez une couturière. Tu t'en iras
tous les matins....

— Et toi?

— Je t'attendrai.

— Non, non; j'ai une idée! Maman, ma chère
maman, ne me défends pas de la suivre, je t'en
supplie!

— Voyons? quelle est ton idée?

— Voilà : Tu sais que j'ai toujours conservé
mes deux belles enveloppes satinées; je te les ai
montrées, il n'y a pas bien longtemps. La marquise avait dit : « Vous m'écrirez trois fois. » Je
lui ai écrit une première fois quand j'avais neuf
ans, et depuis je l'ai seulement revue de loin en
loin chez les sœurs. Quand elle y venait, elle
demandait toujours si la petite fille du menuisier malade était sage. Maman, laisse-moi lui
apprendre notre malheur, lui dire combien je
désirerais ne pas te quitter, travailler sous tes
yeux; laisse-moi lui demander avec confiance
une toute petite machine à coudre, une des plus
simples; ce serait toujours un trésor, puisque
nous ne pourrions pas nous en procurer une.
Dis, ma petite mère? réponds-moi? Dis oui.

— Que Dieu te conduise, mon enfant! C'est

bien sûr Lui qui t'a mise en rapport avec cette bonne dame ; je n'ose pas trop me mêler de cela ; fais comme tu voudras.

— Quel bonheur ! »

Marie s'élança dans sa chambrette ; elle ouvrit sa caisse de bois blanc, précieux souvenir de son père, chercha tout au fond une petite boîte en carton bleu, en retira un papier bleu aussi, et dépliant ce papier, en fit sortir une de ses chères enveloppes, disant à l'autre avec un enfantillage candide : « Toi, ma petite, tu es la dernière ; je te garderai encore longtemps, va ! » Tout fut remis en place bien soigneusement, et Marie s'installa pour écrire de son mieux une humble et affectueuse supplique. Elle prit dans son cœur les plus purs sentiments, et les traduisit, comme elle put, par de très-simples paroles ; puis elle confia le tout à sa chère enveloppe, en lui disant :

« Va, petite, va chez la grande dame qui m'aime parce que je suis pauvre ; que le bon Dieu te bénisse, et qu'il la bénisse, elle aussi ! »

Elle se leva toute contente d'avoir pu suivre son inspiration. Cependant, il lui en coûtait beaucoup de comparaître encore devant le personnage galonné qui, cinq ans plus tôt, avait reçu sa première lettre d'un air si hautain. Mais elle savait que la fille du pauvre doit toujours aller en avant, et ne pas se laisser arrêter par la souffrance. Elle se dit très-raisonnablement que dépenser quinze centimes pour envoyer par la poste une lettre qu'on peut porter, ce serait jeter son argent par la fenêtre et donner à sa protectrice une triste idée de son économie. Donc, elle affronta le grand air du personnage, et quelques minutes plus tard, la seconde enveloppe blanche et fine, confiée à l'enfant pâle, faisait son entrée dans l'hôtel.

Dans quelles circonstances arriva l'enveloppe? C'est ce qu'il faut savoir, et pour cela, nous jetterons un coup d'œil rétrospectif sur la famille du général et sur son entourage, y compris l'illustre Rosella.

Cinq ans écoulés changent bien des choses; c'est pourquoi nous ne nous étonnerons pas de retrouver le général toujours d'aussi bonne humeur, mais beaucoup plus goutteux. Le vieillard prenait en bloc, sans les compter, tous les petits inconvénients de la vieillesse, se disant avec beaucoup de philosophie : C'est l'âge.

Cet argument fort simple lui suffisait. Il consentait à se regarder vieillir; et c'était, nous le croyons, une supériorité. On ne peut pas, disait-il, être et avoir été. Mes jambes valaient tout autant, sinon mieux, que celles de nos petits crevés; mais elles ont fait leur temps, et je leur

La seconde enveloppe faisait son entrée dans l'hôtel.

9

sais gré d'être encore dans mes bottes; car enfin
la plupart de leurs contemporaines sont restées
en chemin. Si ma mémoire est moins fidèle, j'ai
peut-être, par compensation, le jugement plus
sûr à force d'expérience. Si mes yeux ne me ser-
vent plus que secondés par mes lunettes, je vois
peut-être plus clair qu'autrefois quand je regarde les hommes et les choses tout au fond.
Donc, tout est bien. Pourquoi se fâcher de ce que
la dernière étape est plus rude que les autres ?
Celui qui m'a donné ma feuille de route en sait
plus long que moi. Oui, tout est bien. Je suis
vieux, je le serai de plus en plus, c'est à merveille; je ne le cache ni à moi, ni aux autres, et
je rends grâce au ciel de tout ce qu'il m'a laissé.

Le sage et aimable vieillard, malgré les affai-
blissements, les déceptions, et les mécomptes qui
accompagnent la sénilité, était néanmoins plus
heureux que cinq ans auparavant. Sa fille, le
point de l'univers en qui se résumait tout le reste
sa fille avait été transformée; c'était une autre
femme.

Aidée par tous ceux qui lui voulaient du bien,
elle avait renoncé à ce que son père appelait *l'é-
goïsme voilé;* elle s'était prêtée à la vie com-
mune. Son existence, brisée il est vrai, mais
pleine et utile, s'était animée de cette activité
calme qui est celle des femmes de devoir. Elle

conduisait sa maison avec intelligence, veillait à
ce que le fardeau ne fût trop lourd pour personne, à ce que nulle injustice ne fût commise
en son nom. Elle veillait encore au paiement des
salaires, car on lui avait appris que le retard
d'une somme, trop longtemps attendue par l'ouvrier, lui porte préjudice.

Tout le monde avait gagné au retour de la
jeune veuve à des idées plus saines et plus chré-
tiennes; mais Alice surtout. La jolie enfant était
grande et souple comme un roseau; son visage
expressif réflétait la gaieté de l'aïeul, et son
caractère s'était empreint de la maligne bonhomie du vieillard et du penchant sérieux de la
marquise. Sa vie était tout à la fois studieuse et
animée par les plaisirs de son âge; mais le plaisir
lui était donné comme récompense, et non comme
une redevance obligatoire. Ceci sauvait l'enfant
de cet amour très-personnel qu'un fort grand
nombre ont pour leurs parents, sans même s'en
douter. Elle chérissait sa mère, comme une puissance d'où émanait pour elle joie ou tristesse,
et non comme une aimante esclave sacrifiée aux
caprices de l'idole.

Quant au cher bon papa, il s'amusait à faire
le bonheur de sa petite-fille. L'entendre rire et
folâtrer avec quelques petites amies, répondre à
ses interminables questions, lui raconter des

histoires, faire patiemment avec elle une partie de jonchets, ou de dames, voire même de loto, c'était le programme des joies paternelles. Alice était heureuse et méritait de l'être, car on n'avait rien à lui reprocher, sinon ses fous rires quand la vicomtesse mettait plus de rouge d'un côté que de l'autre, ou se plaignait de sa couturière qui lui faisait des robes trop longues par devant, et s'allongeant de plus en plus, disait-elle.

La guerre sourde et sans trêve continuait entre Rosella et Alice. Du côté de la petite fille, les hostilités consistaient simplement en envies de rire, assez mal réprimées quelquefois, malgré les gros yeux de tout le monde. Du côté de la vicomtesse, c'était une suite d'allusions piquantes, de remarques peu bienveillantes, d'éloges ironiques, tout un arsenal de projectiles, destinés à éclater, mais dont les éclats trop légers, ou lancés de trop près, n'avaient jamais pour effet que de déterminer ces malencontreux fous-rires qui désespéraient la rue de Varenne et Kerniou.

Aussi comment résister? Héraclite seul se fût tiré de ce mauvais pas. Rosella n'avait pas reçu de la nature une de ces fortes complexions qui laissent à la vieillesse la forme amoindrie de l'âge mur. Ayant droit par son âge à tous les respects, à tous les égards, et n'en voulant point elle s'armait bravement pour la conquête, et

empruntait à la jeunesse ses riantes couleurs,
les derniers caprices de ses modes, les légèretés
de son langage, de ses allures. Or, tout cela
n'étant pas de saison devenait ridicule; et la
pauvre Alice, si disposée pourtant par la hauteur de son éducation à vénérer la vieillesse,
bornait tous ses soins à étouffer ses petits éclats
de rire. Hélas! Rosella avait gardé mémoire de
celui qui, à Kerniou, avait suivi le fameux traitement destiné à combattre le spleen. De ce jour
s'était accru l'éloignement de la vieille dame
pour l'enfant; et, en toute circonstance, elle en
donnait des preuves, toujours à demi-voilées,
par l'urbanité dont on ne se départait point dans
ce cercle aux formes polies.

Rosella n'en poursuivait pas moins, avec un
zèle insupportable, sa prétendue mission et, par
le plus risible quiproquo, elle attribuait à son
adresse, à ses insinuations, à ses exemples surtout, le changement progressif que l'on consta-
tait dans la marquise, son retour gradué aux
joies intimes de la famille et de l'amitié.

— Général, nous triomphons! disait-elle avec
un sérieux comique; notre petite marquise n'a
pu résister à nos attaques. Mon plan était bien
arrêté. Je savais comment il fallait s'y prendre,
et je ne doutais point de la victoire. Pourtant il
y a encore des ombres sur ce front charmant; je

les vois à regret. A moi de les faire disparaître;
donnez-moi seulement du temps. Voyez-vous, je
ne croirai pas avoir répondu complétement à
votre confiance illimitée, tant que je n'aurai pas
décidé Espérance à se laisser présenter par moi
dans cette société étrangère où je trouve moi-
même tant d'agrément! Ce sont des gens charmants! Elle verrait chez eux des toilettes véritablement ravissantes! et comme elle a une taille
d'ange, un cou de cygne, des yeux célestes et
des cheveux splendides, elle y ferait tourner les
têtes!... Vous voyez, ajoutait Rosella, avec un
léger balancement de tête et une grimace des
plus humbles, que je m'efface complétement et
que je ne cherche qu'à faire briller notre marquise?

A ce dernier trait, le général perdait contenance; et, la politesse lui défendant de dire le
quart de ce qu'il pensait, il devenait nerveux,
s'agitait sur place, et, tout en s'agitant, jetait *in
petto* mille imprécations à l'heure fatale où, se
trompant d'enveloppe et d'adresse, il avait dit à
Rosella ce que devait seule entendre Pauline.
Alors, de plus en plus irrité contre l'intimité
forcée qu'il avait lui-même fait naître, il se ven-
geait à petit bruit, et sans coup férir, par quelques expressions latines qui mettaient la vicomtesse au désespoir.

Pendant que celle-ci perdait ses dernières années en futilités, la sage et aimable Pauline jetait sur Espérance les trésors d'une amitié véritable. Les deux femmes se cherchaient partout, et se retrouvaient chaque jour à Paris; déversant l'une dans l'autre ces riens d'une existence féminine, qu'une bonne et constante affection revêt d'un intérêt quotidien. De plus en plus, les nuances se fondaient. Pauline sérieuse sans tristesse, et gaie sans légèreté, avait sur son amie cette influence que donne la sagesse quand la sagesse a su rester aimable.

Par le secours de Pauline se réformait ainsi, dans l'existence de la marquise, tout ce qui accusait le caprice, l'exaltation, la personnalité; et le bon père disait :

« Ah! si nous n'avions pas la société de ton amie Pauline pour faire contre-poids à celle de cette vieille enfant, je crois que j'en perdrais mon latin !

— Je sais quelqu'un, mon père, qui ne s'en plaindrait pas, c'est la vicomtesse.

— Mais moi, je m'en plaindrais, car j'ai remarqué que certains mots, lancés à propos, suffisent pour mettre un frein à l'effrayante loquacité de cette vieille importune. Ah! quelle distraction! M'être trompé d'enveloppe! Avoir fait servir à ce guet-apens une des deux que je t'avais soustraites, avec l'intention de t'écrire, pour toi seule, un mot intime!... Tiens, il y a de quoi se pendre!... mais je ne me pendrai pas ; j'aime bien mieux parler latin à la vicomtesse.

Un soir d'hiver, on s'était réunis dans le grand salon de la rue de Varenne : le père, la jeune veuve, Pauline et Alice. Beau feu, belle lumière, bonne humeur, ce sont trois éléments puissants de conversation. Le bien-être porte à une aimable expansion, et le quatuor s'égayait un moment, avec cette bonhomie sans égale qu'ont entre eux les cœurs amis.

Mais les bons moments durent peu. On venait de servir le café après un fort joli dîner; c'était juste l'instant où le cher grand-père faisait semblant de se cacher pour donner à Alice un doigt de liqueur, ce qui la faisait rire comme à quatre ans. Un coup de cloche, sonné par le concierge, annonce une visite et fait monter, de l'office, le domestique qui doit introduire.

— Déjà? dit tout bas le grand-père. A peine sortis de table? En vérité, cette femme nous bombarde !

Il comptait en dire bien plus long, mais Laurent, ouvrant la porte à deux battants, donna entrée à la fâcheuse vicomtesse, et la fin du discours alla se perdre poliment dans un salut plus profond que courtois : Cinq années d'assiduité

avaient complétement lassé la patience du bon
papa.

L'importune, à qui toute nuance échappait,
répondit par une révérence sautillante et s'assit,
d'un air enchanté, entre les deux jeunes
femmes, sans paraître remarquer la présence d'Alice. C'était la continuation des hostilités. Soudain, la bonne humeur du maître de
maison disparut, comme la flamme d'une bougie
sous l'éteignoir. C'était l'effet que produisaient
sur lui les sots, les bavards, et tout ce bataillon
d'ennuyeux qu'eût si bien commandé Rosella.
Celle-ci n'en fut ni moins causante, ni moins
présomptueuse ; elle parla de tout, raconta mille
détails insignifiants touchant différents membres
de la société ; fit trois ou quatre indiscrétions,
et entreprit de mettre au jour ses projets pour
la fin de l'hiver, indiquant d'un trait ceux qu'elle
rêvait pour la saison printanière, esquissant
même ceux de l'été et de l'automne.

Elle débitait ce programme avec volubilité, et
comme on la laissait pérorer, sans lui répondre
autrement que par des ah ! et des hum ! elle s'é-
cria, pour réveiller son calme auditoire.

« Mes amis, il faut s'amuser, s'amuser à tout
prix ! L'ennui naquit un jour de l'uniformité.
Chère marquise, je vous le dis depuis cinq ans,
il faut absolument que je vous présente à mes

Mais Laurent, ouvrant la porte à deux battants....

amis, au dehors de ce faubourg Saint-Germain
qui est endormant, par son étiquette et ses idées
arriérées.

— Je vous remercie, madame, je suis très-
reconnaissante de votre bonté, qui ne se lasse
point; mais je vous l'ai dit, je n'ai de goût que
pour les cercles de famille ou de voisinage.

— Vous vous plaisez, ma toute belle, à faire
collection de bonnets de nuit. Il faut en finir
pourtant avec les idées noires.

— Je n'ai point d'idées noires, j'ai des regrets.

— Que vous entretenez. Allons, marquise, je
vous présenterai dans cette maison, où je suis
comme chez moi. Vous verrez combien nous
nous amusons! On n'est ni guindés, ni céré-
monieux. Votre froide étiquette n'est pas connue
dans ces cercles brillants, où l'accueil est facile
et devient promptement cordial, pourvu qu'on
mette en commun ses talents, son esprit. L'un
chante, l'autre joue, celui-ci est beau danseur,
celle-là déclame à ravir. Les talents d'agrément,
c'est tout; le reste ne signifie absolument rien.

— Ah!

— Je vous en réponds, et la preuve, c'est
qu'on se passe à merveille de ce que vous appelez le fond, et qui, par parenthèse, m'a toujours
paru assez ennuyeux. Non, ce qu'il faut, c'est
briller. Quoi de plus facile pour vous, chère

Espérance? Allons, venez, donnez-nous ce
charme que vous cachez beaucoup trop. Il faut
payer de sa personne; nous apportons tous
quelque chose.

— Et vous? madame la vicomtesse, dit le
général avec un accent légèrement ironique,
qu'apportez-vous? ou plutôt, que n'apportez-
vous pas?

Rosella se contourna d'une façon tout aimable,
comme une jeune beauté qu'on intimide.

« Vous me flattez, général, ce n'est pas bien;
vous savez que je n'aime pas cela, vous méri-
teriez d'être grondé. Que vous dirai-je? J'apporte.... j'apporte mes toilettes fraîches et mes
agréments personnels.

Alice qui travaillait à l'aiguille, se piqua le
doigt pour ne pas rire; les deux jeunes femmes
baissèrent la tête et le bon papa se remit tout à
coup en joyeuse humeur, devant la naïve coquetterie de cette tête sans cervelle, qui n'acceptait
pas la vieillesse.

« Comment donc, demanda-t-il, avez-vous fait
connaissance avec ce milieu? Voyons? contez-
nous cela? prenons les choses *ab ovo*.

— Parlons français, général.

— Vous voulez que je dise *de l'œuf?*

— Je déteste votre latin.

— Peste! la langue de Cicéron!

— Et Cicéron aussi.

— Mais vous vous fâchez? c'est bien sévère; car enfin, avoir dit *ab ovo*, ce n'est pas un *casus belli*.

— Encore?

— Quoi donc? Il faut bien que je réponde *ad rem*.

— Assez, assez, général.

— Ah! madame, quel regard! En vérité, c'est trop m'écraser pour un *lapsus linguæ* !

— Pour un?....

— *Lapsus linguæ*. Je soutiens que je n'ai point voulu vous offenser, et je le soutiendrai *mordicus!*

— Encore une fois, j'ai en horreur votre latin.

— Punissez-moi, belle dame, si je le mérite; mais ne me condamnez pas sans m'entendre.

— Je vous entends fort bien.

— J'ai la malheureuse habitude d'honorer et d'aimer Cicéron....

— Encore Cicéron qui revient?

— Oui, madame; permettez-moi de me justifier? On me voit souvent en main un petit livre contenant ses admirables Catilinaires! ce livre, c'est mon *Vade mecum*.

— Votre?....

— *Vade mecum*. Il en résulte que certaines expressions, à l'usage des latins, reviennent facilement sur mes lèvres. C'est un tort, je le reconnais, puisque vous l'avez dit. Je suis prêt à vous accepter pour juge et par conséquent à baisser pavillon devant vous; car, disait le grand orateur :

Cedant arma togæ...

La pauvre Alice n'y tenait plus. Espérance et Pauline n'osaient regarder ni l'enfant, ni l'aïeul, encore moins Rosella qui avait été prise, de par Cicéron, d'un tic nerveux, un clignement de l'œil gauche, indiquant à n'en point douter, que son impatience n'était plus retenue que par un fil, et que ce fil pourrait bien se casser. La situation était tendue, et l'on avait les plus sérieuses raisons de craindre qu'Alice, à bout de moyens préservatifs, ne partît d'un éclat de rire, tout comme autrefois à Kerniou.... La porte du salon s'ouvrit; c'était Laurent qui apportait, toujours sur le même plat d'argent, une des jolies enveloppes, fines, blanches, satinées, contenant la lettre de Marie Dubreuil.

CHAPITRE V

L'Albanaise.

Se voir souvent ne constitue pas toujours l'intimité, sinon les importuns seraient nos intimes
amis. Aussi la marquise, ayant demandé poliment à Rosella la permission de décacheter la
lettre qu'on lui apportait, l'avait-elle parcourue
rapidement sans oser communiquer l'impression
qu'elle en ressentait. La confiance est un sentiment très-délicat, et la vicomtesse était loin de
comprendre les rapports qui existaient entre la
jeune veuve et Marie. Si l'on avait lu cette lettre
devant elle, on l'aurait entendue s'écrier :

10

« Voyez-vous cette petite effrontée? Ces gens là sont incroyables! quelle indiscrétion! J'espère que vous allez lui répondre comme elle le mérite, ou plutôt ne pas lui répondre du tout. C'est le parti que je prendrais.

Expliquer à la froide et futile Rosella ce qui touche deux âmes, et va de l'une à l'autre par ce courant divin qu'on appelle charité, c'eût été lui parler grec; or, elle avait bien assez du latin de Cicéron.

La missive avait donc eu pour effet unique d'interrompre un moment la conversation et d'en changer le cours. Le général, faisant le converti, s'était amendé au point de ne plus laisser échapper la moindre expression latine et la soirée avait passé, tant bien que mal, sans incident.

Le lendemain, Pauline devait venir déjeuner, pour faire ensuite une promenade avec son amie et Alice. Elle arriva quelques minutes trop tard, et s'en excusa respectueusement près du général qui aimait l'exactitude militaire. On se mit à table et l'on causa librement. Laurent servait. Il manqua renverser une saucière en entendant son maître dire à haute voix :

« Savez-vous, Pauline, de qui est la lettre que ma fille a reçue hier au soir? de la pauvre petite qu'elle appelait autrefois l'enfant pâle, cette jolie et intéressante Marie..... comment donc?.. j'oublie toujours son nom de famille.

Laurent ne l'avait pas oublié, ce nom. Depuis cinq ans il le gardait dans son cœur, avec une affectueuse reconnaissance, et souffrait de ne pouvoir le prononcer.

« Marie Dubreuil, bon papa, dit Alice.

— Dubreuil, c'est cela. C'est une charmante enfant, un bon petit sujet; à l'école elle ne s'est jamais fait punir, et ses compagnes la prenaient pour modèle. N'est-ce pas, Espérance?

— Oui, mon père.

— C'est la fille d'un pauvre menuisier, devenu poitrinaire par suite d'un accident. N'est-ce pas, Espérance?

— Oui, mon père.

— De sorte qu'il n'y a heureusement aucune crainte à avoir pour la santé de l'enfant. La voilà seule avec une mère souffrante, épuisée par de longues années de fatigue. N'est-ce pas, Espérance?

— Oui, mon père.

— Mais tu me réponds toujours : Oui, mon père, et tu en restes là. On dirait que tu as peur de parler de ta protégée?

C'était vrai. Cette femme, très-délicate et très-discrète, avait peur de prononcer même le nom de Marie Dubreuil, et plus encore de détailler les circonstances de sa vie devant le jeune paysan breton qui servait. Le secret, qu'elle avait si religieusement gardé, lui était présent comme il était présent à son serviteur, et une sorte de pudeur craintive, qui est au fond des âmes d'élite, lui faisait éviter instinctivement toute parole propre à rappeler à Laurent cette poignante et honteuse douleur.

Alice était heureusement instruite par sa mère de tout ce qui concernait la gentille Marie. Sur l'invitation de son grand-père, elle raconta avec chaleur à l'amie de la maison tout ce qu'elle savait de la fille du pauvre menuisier, commençant par l'histoire des trois enveloppes, tombées dans la rue du Bac, et rattrapées au vol. Laurent ne perdait pas un mot. Il avait des distractions et servait tout de travers, ce qui étonnait beaucoup le général, et point du tout la marquise. Alice ayant tout dit, son grand-père désira qu'on lût devant Pauline la lettre reçue la veille au soir; mais Espérance l'avait laissée dans son boudoir havane et bleu.

— Ma fille, ne pourrais-tu pas envoyer Laurent la chercher?

La marquise fut légèrement troublée; non certes par un sentiment de défiance. Elle était de ceux qui croient à la sincérité du repentir, mais par l'impression pénible qu'elle savait causer à Laurent. Cependant elle n'hésita point, car elle aurait pu, en n'acceptant pas l'idée de son père, faire naître en lui un doute, et couvrir son pauvre serviteur d'une humiliation profonde.

— Montez, Laurent, dit-elle d'un air impassible, mais toujours poli, car la politesse envers les inférieurs était une tradition dans sa famille, montez, vous irez dans mon boudoir et vous prendrez dans un petit tiroir de mon bureau, à gauche, la lettre sans timbre que vous m'avez apportée hier au soir.

Laurent s'inclina et sortit de la salle à manger.

— Une enveloppe satinée, lui cria le général.

— Qu'on est heureux, dit Pauline, d'avoir des serviteurs fidèles !

— Oui. Avec ce garçon-là, il n'y a rien à craindre. C'est rangé, c'est honnête ; il n'a jamais bronché. A son arrivée à Paris, j'ai eu peur. Je regrettais presque de l'avoir tiré de sa vieille Bretagne ; il avait fait ici de mauvaises connaissances, et il aurait pu mal tourner ; mais tout cela n'a duré qu'un moment. Je ne sais pas comment s'y est prise Espérance. Le fait est qu'elle a su se l'attacher et l'attacher à nous tous ; il nous en a donné toutes les preuves possibles.

La marquise n'ajouta rien aux paroles de son père. Recueillie en elle-même, on eût dit qu'elle

méditait. Sans doute elle se sentait heureuse
d'avoir choisi, pour une première faute, la clémence au lieu de la justice.

Pendant qu'on causait, Laurent très-ému entrait dans le boudoir pour remplir la mission
de confiance dont on l'avait chargé. Tout tremblant, il s'approcha du bureau. Ses mouvements
étaient exactement les mêmes qu'à cette heure
maudite, dont le souvenir devait le poursuivre
toujours! Quand il entr'ouvrit le tiroir, une
grande tristesse le suivit. Oui, c'était bien ainsi
qu'il avait fait autrefois, le cœur plein des plus
mauvais instincts. Il aperçut du premier regard
une enveloppe toute pareille à celle qu'il gardait
si soigneusement dans son vieux portefeuille.
C'était bien celle qu'il avait apportée la veille
au soir à sa maîtresse. Il la prit avec une sorte
de respect. Cette écriture était donc encore celle
de la petite Marie; mais formée, posée, bien
ferme. Il lisait et relisait l'adresse, tout en redes-
cendant à la salle à manger; mille pensées lui
étaient rendues par ces caractères.

Ce ne fut pas sans prendre beaucoup sur lui
qu'il retomba dans son flegme officiel pour présenter la lettre à la marquise. Celle-ci affecta de
la recevoir d'un air distrait et la fit passer à
Alice, qui la lut tout haut. Laurent allait se retirer par discrétion; mais son maître lui fit signe

de continuer son service sans bruit, pendant
cette lecture.

« Madame la marquise,

« Vous avez été si bonne pour moi, depuis
cinq ans, que j'ose vous écrire une seconde fois,
en me servant de ma seconde enveloppe. Je viens
vous apprendre la mort de mon bon père, qui
languissait depuis si longtemps, et à qui vous
avez fait tant de bien, en vous cachant toujours
de peur de lui causer quelque chagrin.

« Me voilà toute seule avec ma chère maman.
J'ai le plus grand désir de gagner ma vie en ne la
quittant pas, et de gagner aussi la sienne, car
elle est bien fatiguée ; le médecin dit que ce n'est
pas une maladie, que c'est de l'épuisement. Ah !
Madame, si j'avais une machine à coudre, même
la plus simple de toutes, il me semble que je
pourrais travailler à la maison. J'ai quatorze ans
et demi, bientôt quinze ; je suis moins pâle à
présent, grâce à vous, ma chère protectrice ;
mais nous sommes trop pauvres pour acheter
autre chose que ce qu'il nous faut tous les jours,
car maman a fait tout ce qu'elle a pu pour papa,
et il est allé avec le bon Dieu tout doucement
et sans manquer de rien.

« Ma chère dame, je ne sais pas bien écrire une
lettre ; vous m'excuserez. Je vais vous dire tout

simplement ce que je pense. Si vous vouliez bien me donner une petite machine à coudre, une toute simple, je crois que maman pourrait avoir toujours son nécessaire; il faut si peu pour vivre et je travaillerais tant!

« C'est une bien grande indiscrétion que je fais là; mais quand j'avais neuf ans vous m'avez dit : « Marie, vous m'écrirez trois fois. » Eh bien, je vous écris parce que je suis malheureuse et que vous aimez les malheureux.

« Adieu, Madame la marquise, je suis avec le plus profond respect.

Votre petite servante.

Marie Dubreuil.

« Pauvre petite fille, s'écria le Général. Oui, oui, elle l'aura, sa machine à coudre! Espérance, nous ferons cela à nous deux, et tu lui achèteras une *silencieuse* afin que sa pauvre mère n'ait pas la tête cassée par ce bruit insupportable.

— Je vous remercie, mon père. Je vais m'en occuper dès aujourd'hui,

— Oui, oui, le plus tôt sera le mieux.

Ah çà, une machine à coudre, c'est fort bien, mais cela ne suffit pas; il faut avoir quelque chose à coudre. Est-ce que nous ne pourrions pas trouver à cette enfant un peu d'ouvrage? Elle est gentille, elle m'intéresse.

— Elle m'intéresse vivement aussi, dit Pauline, et il me sera facile de lui donner du travail, puisqu'elle est habile et courageuse.

— Voyez-vous ça? Elle va devenir rentière, avec sa machine à coudre! Ma fille, tu devrais lui dire de venir ici toutes les semaines, le lundi par exemple; on lui donnerait à faire.... je ne sais quoi, ce qu'on aurait dans le moment, sans trop la presser, pauvre petite; et le lundi suivant elle rapporterait l'ouvrage qu'on lui paierait séance tenante. Ce serait pour elle un petit fond, qui lui vaudrait toujours mieux que la lingerie des magasins.

— J'y consens très-volontiers, mon père; aider la petite Marie, c'est ma joie, mon plaisir.

— Quel bonheur! dit Alice en battant des mains. Voila déjà deux maisons qui la feront travailler tout l'hiver.

On se leva de table en parlant de Marie, avec un désir bien réel de lui être utile, et de seconder sa piété filiale.

La marquise seule remarqua l'étrange expression du visage de Laurent. Il pensait certainement à l'humble enfant qu'il appelait son ange gardien, et se réjouissait à l'idée de la voir venir à l'hôtel tous les lundis pour rapporter l'ouvrage.

Les cœurs charitables ont des tressaillements soudains, dont ne se doutent même pas ceux qui se détournent, de peur de voir souffrir. Espérance et Pauline trouvèrent, comme Alice, que la promenade projetée pouvait se remettre à un autre jour, et qu'il serait beaucoup plus agréable d'aller acheter *une silencieuse*, et de se rendre ensuite toutes les trois au logis de la jeune ouvrière pour lui dire : « Nous vous offrons un travail régulier qui vous sera payé chaque semaine. » C'était une si bonne nouvelle! Et les bonnes nouvelles font tant de bien aux affligés! Ainsi le sentait la marquise, depuis que son existence était remplie par l'éducation d'Alice, par les bonnes œuvres et par les relations de famille et d'amitié.

Espérance était la première étonnée de la largeur de vie que lui laissait son imagination, désormais contenue et employée utilement. Tout avait changé de face. Sa tristesse, un peu sauvage, qui pesait sur les autres, avait fait place à cette gravité douce et habituelle qui sied à une veuve. Son penchant pour la solitude avait été réglé, combattu par la sagesse; son père, son enfant, son entourage, tous s'en trouvaient bien, et la cause première de ces améliorations était la rencontre de la petite Marie. On monta en voiture et l'on alla *s'amuser à faire du bien.*

La *silencieuse* ayant été achetée, on donna ordre de la porter aussitôt chez Mme Dubreuil, et l'on se dirigea vers la modeste demeure.

Les deux femmes n'habitaient plus le rez-de-chaussée, attenant à la remise qui servait d'atelier à Dubreuil ; on s'était empressé de donner congé de ce logement, jugé trop grand et trop cher.

On avait eu l'heureuse chance de trouver dans la même maison une chambre unique, mais spacieuse et bien éclairée, que l'on payait cent francs par an, et qui suffisait à tout. De la fenêtre en se penchant un peu, on apercevait l'atelier. C'était triste, mais on aimait cette tristesse, qui laissait plus présente la mémoire du pauvre menuisier.

La marquise, précédant son amie et sa fille, monta cinq étages, et frappa doucement à la porte qui faisait face à l'escalier. Marie vint ouvrir, bien intimidée en voyant ces trois personnes.

« Entrez, mesdames, dit-elle.... Maman, c'est madame la marquise.

La mère se leva, salua ces dames et les fit asseoir, tout cela avec l'aisance respectueuse que donne toujours une certaine éducation, et avec cette assurance digne et calme que donne quelquefois le malheur.

Ce logis était pauvre, mais non misérable. On y voyait même trop de meubles, de siéges, de gravures encadrées. Dubreuil, au moment de son mariage, était à l'aise. La maladie seule avait usé ses ressources, tout en l'empêchan d'en créer de nouvelles. On n'aurait pu se dé faire qu'à vil prix de ces objets, qui rappelaien un temps plus heureux, et c'était au milieu de souvenirs de ses premières joies que la veuve regrettait le passé et redoutait l'avenir.

Espérance et Pauline étaient, comme doiven être les grandes dames, toujours simples et san fierté. Elles savaient, quand elles le voulaient ne point gêner les inférieurs. Deux minutes ne s'étaient pas écoulées que ces cinq personne semblaient se connaître depuis longtemps.

Tout en répondant aux questions pressées que lui adressait Alice, Marie regardait souvent la marquise, avec l'expression d'une confiance naïve et entière, fondée sur la bonté soutenue de sa protectrice.

Espérance et la pauvre veuve parlaient en semble du cher défunt. La femme du monde trouvait de bonnes paroles pour adoucir une plaie encore vive. Elle ne disait pas à cette infor tunée qu'il valait bien mieux que son mari fût mort puisqu'il était toujours malade, qu'il ne pouvait plus travailler, et qu'il n'était pour elle qu'une charge. Non, elle savait trop que, dans toutes les conditions, le cœur a ses susceptibilités, et que le langage de la froide raison irrite ses blessures. Ses paroles étaient mesurées, et sa compassion ne l'était pas. Elle mêlait ses larmes à celles de la pauvre affligée ; c'est encore une manière de faire du bien.

Pendant ce temps, Alice causait avec Marie. Rien de joli à voir comme Marie en deuil écoutant Alice, et recevant d'elle autant de joie que son cœur d'orpheline en pouvait recevoir. Pauline, qui aimait à observer, regardait la jeune ouvrière avec un intérêt marqué, et lui parlait de manière à l'encourager et à lui donner de l'espoir.

On frappa à la porte. C'était *la silencieuse* qu'on apportait. Quelle surprise! Mère et fille se regardèrent avec étonnement.

« Ah! madame la marquise, vous avez été bien au delà des désirs de Marie! Comment! Une *silencieuse!* Nous n'aurions jamais osé espérer un tel bienfait.

— C'est mon père qui a voulu vous assurer le repos, Mme Dubreuil, et vous laisser jouir pleinement de la présence de Marie.

— Monsieur votre père est donc comme vous? demanda naïvement Marie.

— Oui, ma chère enfant ; mon père aime les

bonnes ouvrières, et les filles toutes dévouées à leurs parents.

Marie éclatait en exclamations et en remercîments.

« Madame, que vous êtes bonne ! maman, nous n'allons pas nous quitter. Je travaillerai là, tout près de toi ; tu ne seras plus malheureuse.

— Que Dieu bénisse monsieur votre père et tous ceux que vous aimez, dit la veuve, et, jetant un regard sur la photographie de son mari, elle ajouta : Pauvre Dubreuil ! s'il était encore là !

Pauline, l'heureux témoin de cette scène si douce à voir, se félicitait plus que jamais d'avoir entraîné son amie sur ses pas dans la voie de la charité. On demeura encore quelques instants ensemble, convenant des jours et des heures où la jeune ouvrière se présenterait rue de Varenne et rue de Grenelle, pour chercher de l'ouvrage.

C'était tout un avenir qui se déroulait devant Marie. On allait se trouver tout d'abord à l'abri de cette pauvreté irritante qui use le physique et le moral. On s'occuperait premièrement de l'arriéré dont on ne parlait pas. On y mettrait du temps, plusieurs années peut-être ; mais enfin on verrait peu à peu se créer une situation meilleure. Ces dames auraient la bonté de parler à d'autres dames, et Marie Dubreuil deviendrait une ouvrière de confiance, connue dans un petit cercle du faubourg Saint-Germain. Ce serait assez pour assurer le bien-être.

On se sépara, contents les uns des autres, et Marie dit à sa mère :

« Maman, je trouve qu'on a tort de dire du mal des riches, et de vouloir les rendre pauvres. Vois comme ceux-là sont bons pour nous ?

— Beaucoup de riches, mon enfant, n'ont jamais vu de près la misère ; ils n'y croient pas, ou du moins n'en prennent nul souci. D'autre part, beaucoup de pauvres passent leur temps à envier les riches, cherchant à les imiter de loin dans des habitudes qui pour nous sont ruineuses, et ils arrivent à souffrir de tout, à maudire l'existence, à regarder la révolte comme le seul moyen d'améliorer tout ce qui va mal en ce monde.

— Est-ce que ce pourrait être un bon moyen ? il me semble que non.

— Ma fille, notre vaisselle est en partie fêlée, écornée. Si nous cassions tout, en serions-nous plus avancées ?

— Non certes !

— Eh bien, ce qui est vrai, dans notre petit ménage, est vrai aussi dans le grand ménage de tout le monde.

— Maman, si chacun faisait son devoir, il me semble que cela arrangerait tout ?

— Tu as raison, Marie; mais c'est plus difficile à faire que le reste, à ce qu'il paraît.

— Je veux tâcher de faire le mien toute ma vie, dit la gentille ouvrière.

— Fais cela, ma fille, ce sera bien. »

Marie, pleine de reconnaissance, installa sa belle machine à coudre dans l'embrasure de la fenêtre, et fit semblant de se mettre à l'ouvrage.

« Vois donc, ma petite maman, comme je serai bien là? Et comme j'irai vite?

— Oui, mais il te faudrait quelques leçons pour te familiariser avec cette nouvelle manière.

— Je demanderai à Amanda de monter. »

Amanda était aussi une ouvrière et habitait la même maison; on se voyait sans intimité, parce que les idées étaient complétement opposées; mais en cette circonstance, il fallait s'aider du voisinage, et Marie alla chez l'élégante et prétentieuse Amanda, pour lui demander de vouloir bien monter chez elle dans l'après-midi, si elle en avait le temps.

Alice avait raconté de point en point à son grand'père tous les détails de la visite, et le bon général s'était réjoui du bonheur des deux femmes. Comme il avait entendu dire qu'on était convenu du lundi pour donner et rapporter l'ouvrage, il fit cette réflexion :

« Mais nous ne sommes qu'à jeudi; cette petite

Entrez, monsieur, dit-elle.

11

va perdre deux journées qu'elle pourrait employer utilement ? Envoyons-lui, par Laurent, un petit paquet, quelque chose de facile à coudre, parce qu'elle n'est pas habituée à sa machine. »

Cela s'était fait ainsi, et Laurent avait reçu de son maître l'ordre d'aller rue du Bac, porter de l'ouvrage chez Mme Dubreuil.

Comme on le pense, aucune commission ne pouvait lui causer plus de plaisir, et en même temps plus d'émotion. Il allait donc voir de près, et dans son véritable cadre, la chère enfant dont il conservait si religieusement la naïve supplique. C'était un événement dans sa vie intime. Il partit, monta les cinq étages, et frappa.

Marie vint ouvrir, avec son regard candide, tout étonné de rencontrer Laurent qu'elle ne connaissait pas. Il portait une riche livrée ; son air aimable, sa taille haute et sa bonne tournure, lui donnaient un air sympathique.

« Entrez, monsieur, dit-elle. »

Laurent entra, salua poliment Mme Dubreuil, mais éprouva quelque difficulté à s'exprimer, tant ses souvenirs lui causaient d'émotion.

Marie, qui était à cent lieues de se douter de cette émotion, lui dit tout simplement :

« Vous êtes fatigué d'avoir monté si longtemps ? assoyez-vous donc un peu.

Laurent accepta une chaise et aperçut seule-

ment alors une belle jeune fille assise devant
une machine à coudre, dans l'embrasure de la
fenêtre. Tout un édifice de cheveux, d'un noir
d'ébène, couronnait son front hardi; une robe à
la dernière mode faisait valoir l'élégance de sa
taille. A l'instant ses doigts cessèrent de travailler, et ses grands yeux jetèrent un regard assuré
sur Laurent, à qui elle rendit à peine le salut
qu'il lui adressa.

« Je viens, dit-il enfin, de la part de Mme la
marquise *** apporter de l'ouvrage à Mlle Marie. »

Dès qu'il eut prononcé le nom de sa bienfaitrice, Marie se sentit à l'aise avec Laurent. Il est
de la maison, pensa-t-elle; il doit être bon comme
les maîtres, puisqu'on dit : tel maître, tel valet.

Toute à sa reconnaissance, elle dit avec beaucoup de bonhomie :

« Oh! qu'elle est donc généreuse, votre maîtresse! Voyez? c'est elle qui m'a donné cette
machine à coudre, et je vais gagner ma vie auprès
de maman.

— C'est vrai, mamselle Marie, Mme la marquise
est bien bonne.

— Délicate et compatissante, ajouta Mme Dubreuil.

— Qualités rares chez les riches! s'écria d'un
ton aigre la belle Amanda. Moi, je n'ai jamais vu
parmi eux que des égoïstes, des gens sans cœur,

de vrais tyrans, qui abusent de l'ouvrier. Vous verrez, Marie, à mesure que vous grandirez!

— Amanda, je sais que vous détestez les riches.

— Oui, je les déteste!

— Il faut pourtant bien qu'il y en ait, dit modestement Laurent. On ne peut pas empêcher ça.

— Que si! on le peut.

— Allons, allons, dit Mme Dubreuil, toujours paisible et conciliante, tâchons de prendre le monde comme il est, puisque nous ne pouvons réformer que nous-mêmes.

« On souffre réellement moins quand on consent à souffrir, tout en cherchant du soulagement.

— Moi, je n'y consens pas. Belle condition vraiment! Confectionner des toilettes ravissantes, pour que d'autres femmes les portent, tandis que soi, on vit de privations, pouvant à peine suivre la mode! C'est affreux!

— Patience! Patience! Amanda, il y a encore de bons riches, allez!

— J'en réponds, dit Laurent. Il n'y a qu'à voir nos maîtres, à Paris et en Bretagne; ils font travailler tant qu'ils peuvent, et dame, ils paient bien et vite. »

Tandis qu'on causait, le jeune garçon ne se lassait pas de regarder celle qu'il appelait toujours dans sa pensée la petite Marie. Par sa simplicité, encore un peu enfantine, elle faisait contraste avec la coquette et irritable Amanda. Son cœur, à elle, semblait fermé pour toujours à tout sentiment mauvais ou vulgaire. Elle croyait par expérience à la bonté, à la compassion, au secours généreux du riche, qui se regarde comme intermédiaire entre la Providence et le pauvre.

Laurent se leva, disant :

« Je m'oublie, et mon ouvrage ne se fait pas.

— Allez, allez travailler, jeune homme; c'est un honneur de servir des maîtres comme les vôtres.

— Ça, c'est vrai. Adieu Mme Dubreuil.

— Adieu monsieur.... Comment donc vous appelez-vous?

— Laurent.

— Eh bien, adieu M. Laurent.

« Bien des remerciements à madame la marquise. Nous voilà gens de revue, puisque ma fille va travailler pour l'hôtel. Ça fera des allées et venues de temps en temps.

— Faut l'espérer, dit Laurent à demi-voix, et saluant Marie et Amanda, il redescendit les cinq étages. »

Rentré chez ses maîtres, il se sentit plus d'ardeur que jamais au travail, tant la vue de l'ange du foyer avait fait sur lui une douce et salutaire

impression. Au dîner, il entendit parler de la
visite qu'on avait faite aux Dubreuil, de la physionomie respectable de la mère, du charme naïf
de l'enfant.

« A la bonne heure, répondait le général en se
frottant les mains, voilà des enveloppes bien pla-
cées. Les deux premières t'ont procuré, ma fille,
bien des jouissances; nous verrons ce que t'ap-
portera la troisième?

— La troisième se fera sans doute beaucoup
attendre, mon père. Marie est si discrète! Depuis
cinq ans, elle ne m'a jamais rien demandé, et
s'est montrée pleine de gratitude du peu que je
remettais de temps à autre aux sœurs, pour
son père malade.

— Enfin, je veux croire que la troisième te
donnera autant de bonheur que les deux autres.
J'en connais une qui n'a pas fait si bien son chemin, hélas! hélas! »

Alice regarda sa mère qui souriait finement.
On était au dessert. Arrive tout-à-coup, fort empressée, fort essoufflée, la fameuse Rosella, de
plus en plus agitée. Son activité nerveuse était
devenue une fièvre, ou plutôt une manie. Il fallait absolument qu'elle se dépensât en paroles,
en démarches, en invitations, en réceptions, en
veilles incessantes. Le petit corps infatigable,
qu'elle avait à son service, la secondait assez

bien et participait lui-même à l'agitation de la tête, car il ne pouvait rester en place. Il était d'ailleurs si petit, si sec, si voûté, que les fraîches et séduisantes toilettes dont on le couvrait semblaient être à l'essai, sur un mannequin usé et disloqué.

Laurent, pour ne pas s'exposer à manquer de respect à la vicomtesse, ce qui eût vivement mécontenté les maîtres, évitait de la regarder en face, et se permettait à peine le profil, mais il se dédommageait à l'office, car il faut avouer qu'on y riait de bon cœur quand on passait en revue les coiffures excentriques, et le teint frais et vermeil de cette femme qui, par une vanité puérile préférait le ridicule à la gravité.

Ce soir-là, elle était d'un entrain sans précédent. Elle commença par jeter un regard de connivence au maître de la maison qui la saluait d'un air attrapé, car il ne pouvait s'accoutumer à subir les conséquences de l'enveloppe fourvoyée. Rosella, s'approchant, lui glissa dans l'oreille un mot pour lui seul : « Laissez-moi faire, je réponds du succès. » Le pauvre général demeura coi, s'attendant à quelque énormité, et but du vin de Malaga pour se donner des forces.

« Belle marquise, il est inutile de lutter plus longtemps contre moi, c'est assez faire la philosophe ; il vous faut sacrifier aux grâces.

— Quel préambule! Je dois m'attendre à tout. Voyons, madame la vicomtesse, quelle est la nouvelle proposition que vous voulez me faire?

— Il ne s'agit point d'une proposition, mais d'un enlèvement.

— Ah ça mais.... Et le papa? dit le général.

— Le papa est mon allié, de par un traité en forme, que j'ai entre les mains, depuis cinq ans; c'est pour éviter tout conflit que j'en rappelle la date.

— Diable d'enveloppe! dit tout bas le général.

— Voici en deux mots, ma chère Espérance, de quoi il s'agit : il faut, mais il faut absolument, que je vous présente aux amis étrangers dont je vous parle depuis si longtemps. Aucune visite préalable et solennelle n'est nécessaire. On donne, aujourd'hui même, un bal costumé ravissant! et nous y allons ensemble.

— Oh! je vous en prie, madame, trève de plaisanteries!

— Comment? Mais je ne plaisante pas. Nous y allons ensemble. Allons! voyons? dites-moi tout simplement, avec votre plus joli sourire : Rosella, je suis des vôtres.

— Je vous en prie, madame, n'insistez pas ; vous connaissez trop mes idées, mes intentions, la position que je me suis faite depuis mon veuvage.

— C'est précisément cette position qu'il faut changer. Ma chère, ne me donnez pas d'excuses, je n'en accepterai pas. Je sais fort bien ce que vous pensez des costumes riches et dispendieux. Vous trouvez que c'est de l'argent perdu?

— Certainement.

— Eh bien, rassurez-vous, belle dame; j'ai, à moi, deux costumes délicieux qui n'ont encore paru dans aucun salon; je vous prête le plus élégant des deux, trop heureuse, ma chère, de vous faire valoir, ainsi vous voyez.... »

Le général fort en peine, et voulant pourtant tenir son sérieux, but un second verre de vin de Malaga; mais comme la vicomtesse l'ennuyait plus que de coutume, il recourut à l'innocent moyen de défense qui lui réussissait quelquefois, et s'écria : *Bonum vinum lætificat cor hominis.*

Rosella se boucha les oreilles en faisant quelques minauderies.

« Encore cet affreux latin; je n'y comprends rien.

— C'est pourtant bien facile à traduire. *Bonum* bon, *vinum* vin, *lætificat....*

— Ne me traduisez pas! Il ne manquerait plus que cela! Parlez français, je vous en prie.... Je disais donc, ma très-chère, que je vous prête un costume splendide! Votre Elvire, qui ne manque

ni de goût, ni d'adresse, a quatre heures devant
elle pour corriger ce qui pourrait ne pas s'a-
dapter parfaitement à votre taille; et nous arri-
vons à minuit, vous en Napolitaine, et moi en
Albanaise! »

Laurent, qui servait, laissa tomber du vin sur
la nappe; mais son maître excusa sa maladresse,
car il comprenait qu'on se troublât. Lui-même
ne savait plus trop ce qu'il faisait, depuis que la
terrible vision de l'Albanaise s'était dressée devant lui.

Quant à Alice, mise à une trop rude épreuve,
elle disparut sous la table, cherchant une bague
qui venait de tomber de son doigt, avec un
remarquable à-propos. La marquise seule tenait
tête à l'Albanaise. Elle exposa, avec la plus grande
politesse, les motifs bien arrêtés de son refus et
se montra très-positive.

« C'est donc vrai? Vous voulez vivre en ana-
chorète? Général, mon allié, unissons nos efforts,
nous partagerons les honneurs du triomphe.

— Je sais, Madame, que la société brillante où
vous voulez, depuis longtemps présenter, ma fille
est une société pleine de charmes; vous m'en
avez souvent chanté *Mirabilia!*

— Moi, je n'ai rien chanté du tout! Et certes,
je n'aurais pas commencé ma chanson par ce
vilain mot-là! Encore une fois, général, unis-

sons nos efforts pour vaincre la résistance de cette petite femme.

— Madame, s'il faut vous l'avouer, ma fille étant en âge de se conduire elle-même, et de prendre ses distractions et ses plaisirs *ad libitum*, je ne me reconnais pas le droit de lui faire la guerre à ce propos.

— Alors, c'est à moi que vous la faites? Eh bien Monsieur! nous nous battrons!

— *Alea jacta est!*

— Qu'est-ce que c'est que cela encore?

— C'est le premier coup de canon.

— Général, vous plaisantez, mais moi, je parle sérieusement.

— Diable! cela devient piquant!

— Je triompherai sans vous. Mais c'est fort mal; vous poussez votre fille au marasme; il vous plairait qu'elle fût toujours seule?.....

— Loin de là. Je connais, tout comme vous, ce mot de l'Écriture : *Væ Soli!*

— Je n'ai jamais trouvé ce mot-là dans l'Écriture; et d'ailleurs, je l'aurais passé; je n'aime pas le latin.... Mais laissez-moi parler. Notre jolie marquise ne saurait être insensible à ce qui doit doubler ses charmes. Je vous dirai, ma belle, que, ne doutant pas du succès de ma démarche, je me suis fait suivre par les costumes en question, pensant, ma chère, que nous nous habille-

rions ensemble, ce qui nous amuserait beaucoup, et que nous donnerions au général, alors
mon allié, la jouissance de regarder tout à son
aise l'Albanaise et la Napolitaine. Eh bien, voilà
encore Alice sous la table?

— Ma bague est retombée madame; et cette
fois-ci, je ne la retrouve plus. »

On passa enfin au salon, et la vicomtesse,
toute frétillante, dit d'un ton dégagé :

« Puisque nous sommes en famille, permettez-
moi de vous montrer mon costume, et le vôtre,
marquise? »

Elle s'agita d'abord sur place, puis au dehors,
et rentra au salon, suivie de Laurent qui apportait, avec un sang-froid très méritoire, deux
énormes cartons que la vicomtesse avait fait
déposer par son domestique dans l'antichambre.

Alors on exhiba les séduisantes parures des
doux climats, les riches couleurs, les perles, les
colliers, les bracelets; le tout fut trouvé d'une
admirable fraîcheur et d'un goût très-fin. Mais
alors commença vraiment la petite guerre entre
tout ce monde. L'allié, ayant fait volte-face, on
se battit deux heures entières. Espérance, toujours gracieuse, se servait d'armes courtoises.
Le général se battait en latin. A chaque instant
quelque nouvelle bombe tombait dans le camp
ennemi, réduit aux dernières extrémités. Rosella

pourtant, loin de sonner la retraite, se fâcha autant que le permettait la politesse, et continua l'attaque. D'abord elle éclata en véhéments discours, puis elle entreprit de gronder le général, et pour cela vint prendre place à côté de lui sur une causeuse, où il s'était retiré comme Achille sous sa tente.

« Comment, dit-elle, vous soutenez la marquise dans ses goûts de retraite et d'occupations vulgaires? Je ne vous comprends pas. Est-ce donc là, ajouta-t-elle en baissant la voix, est-ce donc là ce que me promettait la lettre si intime que vous m'avez écrite, il y a cinq ans? »

En entendant parler de cette lettre, le général crut voir s'approcher de lui une main traîtesse, armée d'un poignard.

« Vous semblez avoir oublié ce qui s'est passé à cette époque? moi, j'ai toujours présente à l'esprit cette lettre, par laquelle vous m'avez positivement confié Espérance. Je vous dirai même que, prévoyant de votre part la possibilité d'une résistance, je l'ai apportée, cette lettre qui me donne une mission honorable à tous égards; mission que je crois avoir remplie de mon mieux, car votre fille est en bonne voie, grâce à mes conseils; mais il faut que je la présente! C'est la fréquentation de ce monde brillant, animé, qui lui rendra un peu de coquetterie,

ce qui lui manque enfin pour être.... idéale.
Tenez, la voila, cette lettre ; reconnaissez-vous
l'enveloppe ? »

Le général crut sentir la pointe acérée du poignard. Il s'affaissa sur lui-même, les bras croisés,
la tête basse ; toute l'apparence d'un coupable
devant une pièce de conviction qui le charge d'un
crime. L'Albanaise dit avec un geste superbe :

« Lisez. »

Il lut le malheureux ; et pendant qu'il lisait,
l'enveloppe satinée tomba comme honteuse, et
cherchant l'obscurité. Alice se hâta de la ra-
masser. Comme elle était depuis longtemps dans
le secret, elle plaignait très-sincèrement la
blanche enveloppe, surtout en comparant son
sort à celui de ses heureuses compagnes. Alice
avait toujours l'intention d'être polie ; mais quand
elle se trouvait assister à quelques scènes bouf-
fonnes, il lui était difficile de réprimer un sourire. Cette fois encore, elle tomba dans ce péché
capital, et l'Albanaise lui lança, de ses petits yeux,
un regard perçant qui ne dissimulait nullement
l'antipathie, déjà ancienne, qu'elle avait conçue
pour la fille de la marquise.

Cependant, il fallait cesser les hostilités, et
songer à se parer pour le bal costumé dont on
pensait faire l'ornement. Rosella, sans paraître
se soucier de la pose découragée de son ex-allié,

se leva tout à coup et, d'une allure presque juvénile, se dirigea vers la marquise.

« Espérance, vous avez pour ce soir l'honneur
du combat; mais je prendrai ma revanche.
Restez, belle dame, restez française et solitaire,
puisque cela vous agrée; mais permettez que je
monte à votre appartement, et que j'y trouve
l'aide de votre femme de chambre? »

On se prêta de la meilleure grâce du monde à
cette petite comédie, faisant suite à tant d'autres.
Elvire fut mise à la disposition de la dame, et
celle-ci, quand fut achevée l'œuvre de sa parure,
descendit avec empressement pour mettre sous
les yeux de l'ennemi les charmes de l'Albanaise.

« Me voici, dit-elle en minaudant, me voici,
général; je suis magnanime et veux bien oublier
ma querelle.

— Je vous suis reconnaissant, Madame, et mets
aux pieds de l'Albanaise mes respectueux hom-
mages. »

Rosella se tournait et se retournait avec un
contentement visible.

« Quel bonheur! dit-elle comme une enfant,
je vais donc bien m'amuser! Chère Espérance,
vous ne savez pas ce que vous refusez. Il y aura
quantité de costumes, presque aussi ravissants
que le mien!

Elle se tournait et se retournait avec un contentement visible

12

— Est-ce que tout le monde sera costumé ? demanda le général.

— Oui, tout le monde.

— Ah ! c'est une condition *sine qua non* ?

La figure de l'Albanaise s'allongea d'un centimètre ; mais se laissant distraire par les grâces de sa personne, elle reprit :

— La maîtresse de maison est une emme charmante, délicieuse ! Nous avons fait nos études ensemble.

— Quelle ancienne amitié !

— Oui, cela commence à dater. Elle est encore fort jolie femme. Elle a beaucoup d'esprit et une santé de fer.

— C'est fort beau. *Mens sana in corpore sano.*

— Encore votre ennuyeux Cicéron ?

— Je vous demande pardon, ceci est tiré de la dixième satire de Juvénal.

— Pour moi, c'est tout un. Cicéron, Virgile, Horace, Juvénal, c'est toujours.......

— *Éjusdem farinæ.*

— Général, je vous en supplie ! Votre latin me porte sur les nerfs ! Je vous disais donc que mon amie est une femme délicieuse ! Des yeux bleus et des cheveux noirs, c'est une rareté.

— Et une habileté !

— Je suis intimement liée avec elle.

— Enfin, c'est votre *Alter Ego* ? »

Rosella finit par être déconcertée devant tant de latin à la fois. Elle trouva qu'il était tard, et comme on entendait ses chevaux piaffer dans la cour, elle prit congé de l'ennemi, jeta un regard de regret sur la marquise et fit exprès de ne pas dire bonsoir à Alice.

On s'égaya un moment sur le comique de la situation et chacun se retira.

Alors se fit le silence dans la vaste demeure. Laurent remonta dans sa chambre, où se détournant sans peine des scènes ridicules auxquelles il avait assisté, il retourna au cinquième étage de la rue du Bac, et revit en lui-même cette femme respectable et cette candide enfant qui allaient désormais occuper une place dans sa vie. La chambre unique, où se passaient tous les petits événements de ces deux existences, lui était présente; il voyait la *silencieuse,* don généreux de ses maîtres; il faisait disparaître la belle et coquette Amanda qui n'avait ni sur le front, ni dans le regard, cette pudeur de l'âme, très-supérieure à la beauté. Il mettait à sa place celle qu'il appelait encore en sa pensée la petite Marie, bien qu'elle eût presque la taille d'une femme.

Marie était pour lui le type de la vertu simple et gracieuse. Quelle honnêteté dans sa mise! Et pourtant comme elle plaisait aux yeux par l'ordre, l'arrangement, le bon goût de sa toilette si simple ! Elle n'avait d'élégant que sa riche chevelure, et encore sa coiffure était modeste avant tout, et n'attirait pas les regards, comme celle d'Amanda, par une hauteur excentrique, et un désordre artistique d'un goût douteux.

Laurent se rappelait l'entretien de ces femmes, l'extrême douceur de Mme Dubreuil, le bon jugement de Marie encore si jeune ; les amers murmures d'Amanda. Il se disait : La petite Marie ne sera jamais aussi belle que cette demoiselle-là ; mais je l'aimerai bien mieux, moi !

Ces pensées le ramenaient tout naturellement à la lettre de l'enfant pâle, ce talisman secret, qui laissait vivre en lui le souvenir d'une grande faute et d'un vrai repentir. Puis il retournait en Bretagne et revoyait sa mère, dont la santé s'était rétablie dès qu'elle n'avait plus eu d'inquiétudes pour ses filles. Il pensait que, à cette heure avancée, qui était le soir pour Paris et la nuit pour la campagne, toute sa famille dormait profondément, que dans quelques heures on se lèverait pour se mettre au travail, de bonne humeur, avec plaisir, car la situation n'avait plus rien de tendu. Au contraire, les gages de Laurent avaient depuis longtemps achevé de satisfaire les créanciers. De plus, on avait réparé la chaumière ; on s'y trouvait très-bien installé, selon le mode assez primitif du pays. Les deux grandes filles commençaient à gagner un peu d'argent, ce qui amenait de l'aisance au foyer, Avec cet argent, et les dernières épargnes de Laurent, exempté du service miliaire comme unique soutien d'une veuve, on avait acheté au printemps une petite vache bretonne, que Joséphine menait tous les jours manger de l'herbe le long des chemins, et qu'elle embrassait sur le nez.

Tout avait donc sensiblement progressé depuis cinq ans. Le travail et l'ordre avaient donné le nécessaire ; la générosité des maîtres avait ajouté au nécessaire un peu de ce bien-être, relatif, qui suffit aux paysans vraiment simples et étrangers au luxe des villes.

Un cadeau de la marquise tombait parfois comme une bénédiction dans ce petit intérieur ; elle ne donnait que des choses utiles, et qui ne pouvaient créer sous le chaume des besoins nouveaux. Un soir, pendant son dernier séjour à Kerniou, elle avait eu la bonne pensée d'aller, en se promenant avec Alice, boire du lait de la vache bretonne. Joséphine, très-flattée dans son amour-propre, s'était dit que, apparemment, le lait de mignonne était meilleur que tout autre ; mais la mère avait compris la délicate bonté de la Châtelaine quand Joséphine s'était écriée, en lui apportant une pièce d'or :

« Maman, Mme la marquise m'a dit qu'elle n'avait jamais bu de lait avec autant de plaisir que celui-là. Voilà ce que j'ai trouvé sous sa tasse ; faut-il que notre lait soit bon !

— Non Fifine, avait répondu la Benoît, ceci n'est pas le payement de notre lait, qui n'est pas meilleur qu'un autre, c'est un beau cadeau de Madame. Quand les riches sont bons, vois-tu, ils se plaisent à nous faire du bien. »

Dans ces douces pensées le sommeil trouva le paysan breton qui, à travers les dangers de la grande ville, et malgré son premier entraînement avait su rester vraiment chrétien, vraiment breton.

CHAPITRE VI

Laurent n'oubliait pas.

La suprême consolation des vieillards, c'est de voir grandir les enfants. Le général se complaisait à voir grandir sa petite-fille, à surprendre sur son front cette nuance, à peine sensible, qui est le passage de l'enfance à l'adolescence.

Tandis qu'Espérance avait gagné, par l'esprit de devoir et par la charité, un calme d'imagination dont sa nature rêveuse semblait incapable, Alice formée par la tendresse intelligente de sa mère était devenue une jeune fille, non-seulement brillante, mais instruite ; ce qui est, de notre temps, beaucoup plus rare. Trop supérieure pour se laisser surprendre par la vanité que le talent inspire aux esprits vulgaires, elle cultivait soigneusement les dons de Dieu, et la richesse de son organisation n'empêchait pas l'épanouissement de cette fleur de jeunesse qui n'a qu'une saison : le printemps.

En famille, point de compliments. Le général se bornait à se frotter les mains quand la jeune fille se mêlait aux réunions de parents ou d'amis, parée de sa fraîcheur, que rehaussait une élégance ennemie de toute excentricité. Dans ces occasions, l'aïeul souriait à l'enfant, avec une tendresse enjouée.

« Il faut t'amuser, ma petite. A toi le jeune âge, à moi le grand âge ; je sais bien lequel des deux vaut le mieux, mais je ne veux pas le dire. »

Ainsi passait le temps et, comme à l'ordinaire, chacun tout en disant qu'il passait vite, aurait voulu hâter sa course. La petite-fille avait autrefois désiré des robes longues ; la mère avait souhaité qu'Alice fût en âge de la comprendre ; le grand-père se surprenait, sautant à pieds joints, sur les mois et les ans, et mariant sa petite-fille. Mais le temps est sourd heureusement, il n'entend pas nos folles et contradictoires excitations, et il marche du même pas entre nos espérances et nos regrets. C'est pourquoi Alice n'avait que seize ans.

Un matin, en longeant le corridor du premier étage, elle se trouva en face de Marie Dubreuil. C'était un lundi. Les deux jeunes filles étaient depuis trois ans habituées à ces rencontres. Elles suivaient chacune leur voie comme deux lignes parallèles qui se prolongent et ne se touchent pas. Il n'y avait point de familiarité entre elles; la distance se maintenait tout naturellement sans que l'une y vît un motif d'injuste arrogance, ni l'autre une source d'humiliation.

Marie devenue grande avait cette beauté timide de fleur de serre, qui s'est épanouie sans soleil. Demeurée pâle, mais non de cette pâleur maladive qui dans son enfance attestait les privations, elle avait simplement ce teint sans animation des filles de Paris qui travaillent avec plus d'énergie et d'activité que de force. Elle portait ordinairement le lundi, jour où elle s'habillait pour aller rendre son ouvrage et en chercher d'autre, une robe de laine brune, bien faite; un col bien blanc, un petit manteau noir et un joli bonnet de mousseline. Ainsi parée, l'ouvrière marchant posément et modestement commandait le respect et l'obtenait de tous. Nul ne la confondait avec ces filles étourdies dont est pleine la grande ville. Elle était si calme et si digne que Laurent, qui lui ouvrait la porte tous les huit jours, n'avait pas encore osé prendre avec elle ces allures aisées que l'habitude de se voir aurait peut-être autorisées. Lui si fort, si grand, si hardi dans le danger, il se sentait timide devant cette fille, enfant d'ouvrier comme lui.

Ce matin-là, Marie, toujours exacte, se présenta rapportant du linge de table, qu'elle avait ourlé, et marqué !

« Bonjour Marie.

— Bonjour mademoiselle Alice.

— Comment va votre mère?

— Je vous remercie, Mademoiselle, maman ne va pas trop mal quand elle ne se fatigue pas; mais dès qu'elle s'applique à n'importe quoi, elle n'en peut plus.

— D'où cela vient-il donc, Marie?

— Ah ! c'est un mal ancien. Je pense que cela vient de ce qu'elle a eu trop de peine quand papa était malade et que moi j'étais petite. Elle a tant travaillé, tant passé de nuits ! Et puis, vous savez? le chagrin, ça vous use!

— C'est vous qui travaillez pour elle, maintenant?

— Ah ! mademoiselle, il est bien temps qu'elle se repose. A quoi donc lui servirait d'avoir une fille?

— Qu'est-ce que vous avez, Marie? Depuis

quelques semaines, je vous trouve l'air triste.

— Ce n'est rien, Mademoiselle. On ne voit pas le soleil aujourd'hui, ça ne m'égaye pas.

— Allons, il faut espérer qu'on le verra demain. Tenez, c'est moi qui vais vous donner de l'ouvrage ; ma mère est sortie et la femme de chambre est allée faire une commission. »

Alice remplit fort sérieusement son rôle improvisé de maîtresse de maison, et donna à Marie beaucoup d'ouvrage ; lui faisant remarquer ce qui était pressé et ce qui ne l'était pas ; car elle avait appris de la marquise qu'il ne faut jamais presser inutilement une pauvre ouvrière, que son capital est sa santé, et qu'en la portant à veiller pour ne pas perdre une pratique, on détruit peu à peu cette santé si précieuse, que rien au monde ne rétablira.

Marie était partie toute contente, non-seulement d'emporter du linge à confectionner, mais aussi des bons procédés dont on usait toujours envers elle.

De la rue de Varenne, Marie se rendit rue de Grenelle, chez l'amie intime de la marquise. Pauline et sa mère lui parlaient de même sans hauteur, la faisaient souvent travailler et la payaient très-exactement ; ne cherchant pas surtout à lui faire réduire les prix courants, sous prétexte qu'elle était pauvre. La jeune ouvrière rentra

dans son unique chambre, le cœur plein de reconnaissance pour ses bienfaitrices.

Cependant Alice dit le soir à sa mère :

« J'ai encore trouvé aujourd'hui que Marie avait
l'air triste.

— Vraiment? que peut-elle avoir, cette bonne
petite? Il faut tâcher de le savoir. Peut-être y
aurait-il moyen de lui ôter sa tristesse, car c'est
un des priviléges de notre position, ma fille. »

Quand vint le lundi suivant, l'ouvrière, sur
l'ordre de la marquise, fut introduite par Laurent dans le boudoir havane et bleu. Là, elle fut
interrogée, et avec une bonté parfaite. Cependant,
aucune réponse positive ne sortit de ses lèvres ;
elle se tint dans les généralités, assurant qu'elle
n'avait pas lieu de se plaindre et qu'elle ne se
plaignait pas.

« Marie, Marie, il y a quelque chose que vous
ne voulez pas me dire.

— Madame sait? on a des choses qui vous font
de la peine on ne peut pas toujours faire ce qu'il
faudrait; ça vous donne des idées tristes, et puis
ça s'en va.

— Non, Marie, cela ne s'en va pas. Eh bien,
puisque vous ne me parlez pas, vous m'écrirez.
N'avez-vous pas une troisième enveloppe?

— Oh oui, Madame, je la garde bien précieusement. C'est un souvenir d'enfance.

— Ne la gardez pas plus longtemps, envoyez-
là-moi, et dites-moi votre pensée entière; je le
veux, mais je le veux absolument: sinon, je me
fâcherai.

—Oh Madame, c'est ça qui serait un malheur,
répondit l'enfant en souriant, car elle ne croyait
pas que cela pût arriver.

— Allons, promettez-moi que vous m'écrirez;
je vous promets de vous répondre. »

Marie hésita, et finit par s'engager à obéir.

Elle retira de cette visite, d'abord la joie d'avoir
vu sa protectrice dans l'intimité du boudoir havane, ensuite un petit présent: Alice lui avait
donné, pour lire le Dimanche, un livre destiné à
former de plus en plus son cœur et son jugement:
ce joli livre était intitulé : *Le pain quotidien.*

Rentrée au logis, Marie dit à sa mère :

« Maman, Mme la marquise veut que je lui
écrive une troisième fois, en me servant de
ma dernière enveloppe, et que je lui dise ce
qui me fait de la peine en ce moment.

— Mon Dieu! qu'elle est donc bonne, cette
dame-là !

— Elle dit que si je ne le fais pas, elle se fâchera.

— Elle se fâchera?... Allons donc! Est-ce qu'on
peut se fâcher contre toi? C'est égal, il faut lui
obéir.

— J'ai peur que ce ne soit une indiscrétion après tout ce qu'elle a fait pour moi. Aller à présent lui parler d'une autre?

— Ma bonne amie, devant une grande dame si charitable, il n'y a plus d'indiscrétion. C'est encore le bon Dieu qui conduit tout ça, vois-tu?

— Ah! si je pouvais continuer.... je n'en parlerais à personne.

— Tu en as fait assez, ma pauvre enfant! quand je pense que tu as sacrifié toutes tes épargnes!

— Tu me l'avais permis.

— Oui certes! quand on a été aidée soi-même, on doit aider les autres en se gênant dans l'occasion. Mais il n'en est pas moins vrai que tu voir devenue si pauvre est un chagrin pour moi. Par ton travail, depuis trois ans et demi, tu étais venue à bout, mon enfant, de nous faire vivre toutes deux.... puisque je ne suis plus bonne à rien....

— Oh! ne dis jamais ça!

— Et même de m'acheter de bon vin fortifiant qui coûte bien cher!

— Non, il ne coûte pas cher du tout.

— Tu avais payé toutes les petites dettes que j'avais été obligée de faire, malgré moi, dans le quartier, quand ton père était si malade. Enfin, tu avais amassé, à grand'peine, une petite somme destinée à la parure blanche que tu désires pour entrer dans la confrérie de la Sainte-Vierge, à Saint Thomas-d'Aquin, et voilà que tu as sacrifié ton argent à cette misérable fille.

— Ne l'appelle plus comme ça ; c'était bon quand elle faisait la dame ; mais aujourd'hui elle est si malheureuse ! Pauvre Amanda ! songe donc qu'elle est abandonnée ?

— Elle a fait son malheur elle-même.

— Je le sais bien ; mais à présent, il ne faut plus lui en vouloir ; elle n'a personne pour l'aimer !

— Elle avait son père. C'est de chagrin qu'il est mort, le malheureux ! Elle l'a quitté, elle l'a renié parce qu'il n'était qu'un pauvre manœuvre ! C'est pourtant du travail de ses mains calleuses qu'elle a été nourrie ! L'ingrate ! sa beauté, hardie, échevelée, l'a perdue ; l'orgueil lui a tourné la tête. Il lui a fallu des toilettes comme celles des dames, des bijoux, des dentelles ; l'aiguille ne donne à une honnête fille que du pain. Elle perdait son temps et son courage à lire des romans, des feuilletons ; elle avait pris en haine son travail ; elle maudissait les riches et la société. Hélas ! elle en a eu, des bijoux, des dentelles, des robes de soie, à traîne ! C'est alors, mon enfant, que je t'ai défendu de lui parler,

1 ;

même de la regarder dans la rue. C'était mon devoir.

— Mais depuis, tu m'as permis de l'aimer, quand elle est devenue si malade, qu'elle était toute seule dans sa chambre, sans pain, sans feu, sans lumière, enfin, on l'a portée à l'hôpital, il fallait bien ! Tiens, chère maman, la dernière fois que j'ai été la voir dans cette triste salle, d'où elle ne sortira plus, je n'ai pas pu m'empêcher de pleurer ! Amanda n'est plus belle, je t'assure, on ne dirait jamais qu'elle l'a été. Elle a les joues creuses, les yeux morts ; elle tousse jour et nuit, sa poitrine est en feu. Personne ne va la voir, il n'y a absolument que moi qui m'occupe d'elle et qui lui apporte quelques adoucissements.

— Tu t'es ruinée pour elle, ma pauvre petite !

— Il ne faut pas te faire du chagrin pour ça : si tu savais comme elle était contente quand je lui apportais quelque chose et quand je lui laissais un peu d'argent. Elle me disait avec des larmes dans la voix : — « Marie, vous êtes la seule amie qui me reste en ce monde ! » Tu vois maman que j'ai bien fait de me rapprocher d'elle ?

— Oui, tu as bien fait, continue jusqu'à la fin. Dis-lui que le bon Dieu ne fait pas semblant de nous aimer, Lui ! qu'Il nous aime vraiment et nous pardonne toujours ? Elle te croira peut-être ?

Oh! oui, elle te croira. Qui donc pourrait douter de tes paroles ?

— Mais, hélas! c'est fini, maman ; je n'ai plus d'épargnes ; je ne puis plus rien lui donner. C'est là ce qui me rend triste. Ah ! si la marquise le savait ! elle irait la voir à l'hôpital, bien sûr, et elle adoucirait bien mieux que moi les derniers temps de sa vie. Pauvre Amanda! Oui, j'écrirai. »

L'heureuse mère de Marie regardait avec amour sa belle et innocente enfant, et remerciait le ciel de lui avoir gardé pour son veuvage un pareil trésor.

Marie ouvrit sa petite caisse, et en tira le carton qui renfermait sa dernière enveloppe.

« Vois, mère, comme elle est d'un beau blanc, grâce au linge passé au bleu dont elle est entourée? Qu'elle est donc jolie, mon enveloppe! Quand on pense que j'avais neuf ans lorsque la marquise me l'a donnée !

La jeune ouvrière s'installa devant sa table et laissa courir sa plume. Quand elle eut terminé sa lettre elle dit :

« Là! voilà qui est fait! Maman, veux-tu que je te lise?...,

— C'est bien, dit la mère, après avoir écouté la lecture, tu as parlé à cœur ouvert; il ne peut en arriver que du bien.

— Maman, je n'oserai jamais porter ma lettre au concierge de l'hôtel; j'ai peur qu'il ne trouve cela drôle.

— Donne-là-moi, je la porterai.

Lorsque la lettre de Marie Dubreuil parvint à destination, la marquise travaillait à l'aiguille entre son père et Alice, qui peignait à l'aquarelle.

« Maman, s'écria la jeune fille, voilà votre troisième enveloppe.

La mère parcourut d'abord des yeux la missive, car elle n'aurait pas voulu trahir le secret de l'ouvrière, s'il eût eu un caractère personnel; mais bientôt elle voulut lire à haute voix, afin de faire aimer Marie davantage.

« Madame la marquise,

« Vous m'avez dit que vous vous fâcheriez si je ne vous avouais pas tout! Je vais donc vous obéir. Si je n'ai pas osé vous parler plus tôt de ma peine, c'est parce que je trouvais que c'était vraiment abuser de votre bonté. Voilà ce qui m'attriste et me tourmente.

« Il y a une ouvrière que je connais depuis l'enfance, qui a trois ans de plus que moi, et qui est devenue bien malheureuse. Ma pauvre amie ne s'était pas bien conduite; mais cela vient de ce qu'elle n'avait pas, comme moi, une bonne

Elle s'installa devant sa table et laissa courir sa plume.'

mère pour la préserver de tout ce qui est mal.
Elle a fini par tomber malade, très-malade. C'est
la poitrine; et les médecins disent qu'elle ne
peut pas guérir. Oh! Madame, elle est bien à
plaindre! Il n'y a que moi qui aille la voir à l'hôpital; toutes les autres personnes, qui avaient
tant l'air de l'aimer, l'ont abandonnée. C'est bien
mal!

« Quand elle était dans sa chambre, toute
seule et sans provisions, je lui portais ce que je
pouvais. Depuis qu'elle était à l'hôpital, je
lui donnais toutes les semaines deux oranges
et je lui laissais quelques sous; ça lui faisait bien plaisir. Elle avait la consolation de se
dire :

« On m'aime donc puisqu'on se gêne pour
moi!

« Hélas! c'est tout fini, je n'ai plus rien dans
ma tire-lire; c'est là que je mets mes épargnes.

« Et voilà ce qui me rend triste. J'irai tout de
même la voir; mais elle se dira : « Marie ne
m'aime donc plus tant? »

« Tout cela me donne envie de pleurer, Madame; comme elle va mourir, je ne voudrais pas
lui faire de la peine, et je lui en ferai sans le
vouloir.

« Voilà que je vous ai tout dit. Si c'est une

indiscrétion, ce n'est pas ma faute ; je n'ai fait qu'obéir. Excusez-moi.

« J'ai l'honneur d'être avec respect,

« Votre servante,

« MARIE DUBREUIL. »

« Voilà donc, dit Espérance, voilà où sont allées ses petites économies. Elle avait amassé, à force de temps et d'ordre, une somme destinée à s'acheter une robe blanche et un voile pour entrer dans la confrérie de la Sainte-Vierge, et elle n'y est pas entrée ; en voilà la raison. Et pourtant, je l'ai su par sa mère, c'était l'objet de tous ses vœux. Elle se tenait humblement dans un coin de l'église, regardant de loin l'autel tout en feux, suivant des yeux la procession dont elle ne pouvait faire partie, n'ayant point le costume d'usage ! Elle l'aura ; je veux le lui donner, tout en secourant son amie.

— C'est une admirable enfant, dit le général. Combien, à son âge et dans sa situation, feraient juste assez pour leur mère, et consacreraient la plus grande partie de leur gain, non certes à un voile de vierge, mais à ces toilettes exagérées qui attirent le regard des passants ? Il n'y a pas beaucoup d'ouvrières plus jolies que Marie Dubreuil, et de plus sages il n'y en a point.

La marquise, dans ses élans de bonté, aimait à ne pas faire attendre.

« Mon enfant, dit-elle à Alice, je veux que Marie ait le temps de faire sa robe avant le 2 février, c'est-à-dire dans cinq jours. Je vais donc aller tout de suite au petit Saint-Thomas ; on doit y trouver tout ce qui composera la toilette blanche de cette bonne fille.

— Maman, je voudrais aller avec vous ; c'est si amusant de faire plaisir.

— Oui, c'est amusant, dit le grand-père, et c'est faute de le savoir que tant de gens riches s'ennuient. Moi, je veux aussi faire mon cadeau à notre ouvrière. Je veux lui donner un livre de cantiques comme le tien, Alice, plus simplement relié parce qu'il faut laisser toute chose à sa place, mais portant ses initiales.

On fit exactement tout ce qu'on avait dit. Une heure après, on apportait à l'hôtel un grand carton blanc.

Espérance, pendant que sa fille regardait avec intérêt les différents objets qui composaient la modeste parure, monta chez elle, s'assit devant son bureau, et se mit à écrire à sa protégée. Ayant retrouvé, par hasard, peu de jours auparavant, la dernière des enveloppes satinées qui avait été oubliée dans un coin d'un tiroir, elle s'en servit par délicatesse de cœur. Cette enve-

loppe était loin d'égaler en fraîcheur celles que
Marie avait eues en sa possession ; le temps l'a-
vait jaunie ; mais c'était par là même un souvenir de l'heure, déjà éloignée, où elle avait
rencontré l'enfant pâle.

Quand la marquise eut enfermé le billet dans
l'enveloppe, elle y mit son cachet, sachant bien
qu'elle ferait ainsi plus de plaisir encore à la
jeune fille, qui garderait précieusement cette
enveloppe jaunie. Elle redescendit ensuite au
salon et sonna Laurent, pour l'envoyer faire
cette commission qui assurément devait être
de son goût.

Le jeune valet de chambre (car les années et
sa bonne conduite l'avaient fait monter en grade)
prit le carton et fit aussitôt un énorme entrechat.
Un petit tabouret en était cause, et plus encore
le trouble aimable qui venait de s'emparer de
son esprit.

— A quoi donc pensez-vous, Laurent ?

— A rien, madame la marquise.

La maîtresse de maison lui fit grâce de toute
autre réponse : celle-là était si bonne !

Il partit, franchit en cinq minutes la distance,
et monta au galop les cinq étages. Il frappa à la
porte de la mansarde. Marie vint ouvrir, toujours
bien modeste, mais bien contente aussi, c'était
visible.

— Bonjour, mamselle Marie.

— Bonjour, monsieur Laurent.

— Ah! voilà donc monsieur Laurent qui vient nous voir? s'écria la mère, d'un ton réjoui.

Le garçon se rengorgea; il était clair que sa présence faisait plaisir.

La mère fit asseoir Laurent tout près d'elle, et lui mit finement le jour dans les yeux afin de le mieux voir, car elle s'intéressait à lui. Cet intérêt pour la jeunesse est naturel aux mères dont les filles grandissent. Laurent venait d'avoir vingt-six ans. Il était large d'épaules, haut de taille, et avait une excellente physionomie. Rien n'échappait à Mme Dubreuil. Ce qui la frappait surtout, c'était la gaucherie qui s'était emparée subitement du brave garçon. Il tenait d'une main sa casquette, de l'autre le carton, et semblait ne devoir jamais lâcher ni l'un, ni l'autre. Puis il répétait à tour de rôle : C'est Mme la marquise qui.... C'est un carton que....

La chose aurait pu tourner en longueur. Mme Dubreuil jouissait de l'embarras de Laurent. Voulant l'aider, cependant, elle lui demanda s'il était chargé de laisser ce carton, ou bien s'il allait le remporter?

« Mais non, Mme Dubreuil; c'est Mme la marquise qui l'envoie à mamselle Marie.

D'un bond gracieux la jeune fille s'élança vers

Laurent, lui prit le carton qu'elle ouvrit, et s'écria :

« Maman, une toilette blanche! Et un joli livre de cantiques!

Il y eut un moment de vive joie dans la mansarde; mais le bon Laurent, qui n'avait pourtant plus en main que sa casquette, était encore plus gêné qu'auparavant, et regardait indéfiniment Marie.

— Allons, dit gaiement la mère, voilà une jolie surprise, ma bonne petite.

— Oui, maman, j'en suis bien contente!

— Deux doigts de vin, monsieur Laurent, ça ne se refuse pas?

— Trop honnête, madame Dubreuil.

— Marie, donne la bouteille, trois verres, et une bouchée de pain pour nous autres.

Marie s'était éloignée pour lire des yeux le billet de sa protectrice; elle en fut si touchée qu'elle baisa l'enveloppe, la reconnaissant pour la sœur de celles qu'elle-même avait si long-temps et si soigneusement conservées.

— Maman, quelle bonté! Voilà du secours pour la pauvre Amanda. On ira la voir, on la consolera.

— Oh! la bonne âme que votre dame, Monsieur Laurent, dit Mme Dubreuil en joignant les mains.

— C'est vrai; c'est tous du bien bon monde!
Mme la marquise, d'abord, il n'y a pas sa pareille!

Marie toute joyeuse posa sur la table une bouteille, trois verres, le pain, un couteau et le
sucrier, car elle voulait que sa mère fît ce qu'on
appelle une trempette.

Laurent accepta très-volontiers un bon verre
de vin, salua poliment les deux femmes et but
à leur santé.

Marie était souriante; elle regardait alternati-
vement la lettre, le carton, puis Laurent. Mais
Laurent, qui suivait ses yeux, ne voyait plus ni
la lettre, ni le carton, il ne voyait que Marie.

On lui offrit encore une fois du vin, et il
accepta pour gagner du temps, car il se trouvait
bien là.

Oui, il se trouvait bien, et pourtant il souffrait d'autre part, une peine croissante; car
chaque fois qu'il venait chez Mme Dubreuil, il
arrivait heureux et se sentait peu à peu devenir
triste. Une pensée amère, toujours la même, dominait toute autre pensée, et il s'en allait tout
malheureux.

Une horloge voisine le rappela à lui.

« Mais je m'oublie, moi; on est si bien ici, dit-
il d'un accent tout particulier.

Il se leva, on le chargea de transmettre les

plus respectueux remercîments, en attendant
que Marie allât porter à la marquise l'hommage
de sa gratitude.

Madame Dubreuil lui dit avec une aimable
bonhomie, qui laissait assez voir le fond de sa
pensée :

— Allons, adieu, monsieur Laurent..... Bah !
nous sommes trop près voisins pour dire monsieur ; je veux vous appeler Laurent tout court.

Laurent, interdit par cette parole cordiale,
n'osa pas répondre. Il salua, se retira, et pendant
qu'il descendait l'escalier, il jeta un profond et
triste soupir. La mère qui l'entendit en fut tout
étonnée.

— Maman, dit Marie, avec un empressement
bien naturel, je vais te lire la lettre de la marquise.

— Ah ! voyons un peu ce qu'elle te dit, cette
bonne dame ?

« Vous avez eu confiance en moi, ma bonne
Marie, je vous en remercie, et veux vous procurer la joie triste de consoler une amie dont le
malheur vous a rapprochée. Vous ne serez plus
seule à veiller sur cette pauvre malade ; vous
viendrez me prendre dimanche prochain et nous
irons ensemble à l'Hôtel-Dieu.

« Vous avez sacrifié pour cette pauvre fille
toutes vos économies, et la tire-lire est vide ; je

Laurent acccepta très-volontiers un bon verre de vin.

veux avoir le plaisir de vous donner un voile blanc et tout ce qu'il vous faut pour vous mêler à vos compagnes aux fêtes de Vierge. Quand vous ferez votre prière, sous votre parure blanche, vous penserez à nous. C'est mon père qui vous envoie le livre; demandez à Dieu pour lui une longue et heureuse vieillesse.

« Marie, je vous ai dit, il y a neuf ans : « Vous m'écrirez trois fois. » Maintenant je vous dis, au cas où quelque peine vous surviendrait : « Vous m'écrirez toujours. »

« Adieu, ma chère enfant, continuez d'être, sous les yeux de votre bonne mère, bien travailleuse et bien modeste.

« M^{ise} de ... »

— Eh bien, ma fille, vois ce que c'est que d'avoir de la conduite. Amanda aurait-elle jamais trouvé une pareille protection, quand elle se faisait gloire de n'avoir pas l'air d'une ouvrière?

— Maman, elle sera visitée, secourue, quel bonheur !

— Tu vois bien qu'elle mentait quand elle disait devant toi, qui n'avais alors que quatorze ans : « Les riches sont tous des égoïstes. »

— Oh! non certes, pas tous ! nous en avons la

14

preuve. C'est l'amour du plaisir et de la toilette qui l'a perdue.

— Maman, si jamais tu me voyais devenir paresseuse et coquette, tu n'auras qu'un mot à dire, un seul mot : « Amanda ! »

La mère embrassa sa chère et vaillante fille. Celle-ci reprit :

« Je veux garder cette lettre dans son enveloppe jaunie ; je veux la garder toujours.

Elle rouvrit sa précieuse caisse de bois blanc et y cacha la lettre de sa bienfaitrice. Puis, s'armant de ses grands ciseaux, et s'entourant de ses patrons, elle commença sur l'heure à tailler le corsage de sa robe blanche, afin de profiter des dernières lueurs du jour.

Le dimanche suivant, il y avait une fête de Vierge, coïncidant avec les dix-huit ans de Marie, et la procession comptait une fille de plus.

Une foule recueillie remplissait l'Église, écoutant les voix de l'orgue et les refrains des cantiques. On eût pu voir, dans cette foule chrétienne, un jeune garçon en livrée, religieusement incliné. Lui aussi priait, mais avec une défiance de lui-même qui était de l'humilité. A peine s'il osait demander une grâce, dont il se jugeait trop indigne. Qu'était-ce donc ?..... que de cet essaim virginal, le vent du ciel laissât venir à lui une abeille laborieuse, et que, s'il se pou-

vait, cette abeille fût Marie! Mais non, se disait-
il, non jamais! Elle si pure! Et moi? qui suis-je?
Ah! si elle le savait! Est-ce que je puis, moi,
misérable, espérer une aussi grande faveur? Mon
Dieu, vous gardez Marie pour un autre, et c'est
justice. Moi, je ne la mérite pas!

CHAPITRE VII

Maison nette.

Alice avait à son tour dix-huit ans, et son éducation, aussi complète que possible à cet âge, lui laissait plus de temps à donner à la famille, à la lecture, aux arts d'agrément. Sa mère jouissait de son œuvre. Son amie Pauline avait eu raison de lui dire autrefois :

« Ce qui abîme la vie, c'est moins la douleur que le vide. »

Le joli boudoir était toujours un lieu de prédilection ; mais depuis longtemps la marquise n'y rêvait plus, elle y réfléchissait, ce qui est tout différent.

Alice, heureusement douée, ne manquait ni de talents, ni d'adresse; mais hélas! elle manquait toujours de sérieux en présence de Rosella. Impossible d'entendre, avec le sang-froid obligé, les récits emphatiques qu'elle faisait de ses toilettes nouvelles et de ses succès.

Rosella n'était déjà plus jeune quand Alice avait sept ans; une surcharge de onze années n'avait pesé que sur son corps : « Mon esprit a toujours vingt ans! » disait-elle, croyant faire beaucoup d'honneur à son esprit. La jeune fille, raisonnable par caractère, malgré la gaieté de son âge, ne concevait pas que l'on pût s'attarder à ce point dans la voie du bon sens. Le jugement d'Alice se formait; celui de la vieille dame était à l'état d'enfance. Aussi disait-elle à Pauline, que par parenthèse elle n'aimait guère :

« Il faut espérer que notre marquise va bientôt commencer à vivre un peu pour elle? Il en est temps! Elle a terminé la singulière tâche qu'elle s'était imposée, je ne sais pourquoi. Voilà l'éducation d'Alice achevée, et je trouve même qu'on l'a poussée trop loin; car pourvu qu'une femme soit jolie, musicienne et se mette à son avantage, c'est tout ce qu'il faut pour réussir dans le monde.

— Permettez-moi, madame, de n'être pas tout à fait de votre avis. La femme appartient surtout à la famille, à l'intérieur; son esprit demande une certaine culture, puisque son mari doit trouver en elle une compagne.

— Un mari est très-flatté quand sa femme brille dans le monde.... J'ai mes souvenirs.

— Son jugement doit être sûr, puisque c'est elle qui servira d'exemple à ses enfants.

— Ma chère Pauline, je n'entends rien à cette métaphysique. Il faut amuser les jeunes personnes, et non point leur casser la tête avec toutes ces études qui ne signifient rien.

Je n'en ai pour ainsi dire pas fait, moi; je n'y avais aucun goût et ma mère n'y tenait point. Il me semble pourtant que j'ai assez bien mené ma barque. Sans me vanter, je crois avoir réussi? Le succès ne dépend ni du jugement, ni de l'instruction, mais de la fortune, du physique et de la toilette...! puis de l'entrain, bien entendu. Il faut briller et voilà tout.

— On le dit.

— Et l'on a raison. Croyez-vous donc qu'Alice aura beaucoup de succès? Elle n'en aura pas, parce qu'elle manquera d'entrain. Elle est trop raisonnable. On dira d'elle : — Pas mal. — Joli résultat pour une mère qui a sacrifié le plus beau temps de sa vie à des devoirs fort ennuyeux!

— Oh! ne craignez pas que sa mère regrette jamais ce qu'elle a fait.

— Espérance ne sera pas payée de ses peines. Alice n'a point ce qui plaît, ce qui enchante.... ce que j'avais.

— Si la foule ne la remarque pas, les esprits sérieux la rechercheront.

— Ne me parlez pas des esprits sérieux ; ce sont tous des éteignoirs. Ma mère ne s'est jamais occupée de me donner ce que vous appelez des qualités solides. Elle me disait :

« Ma fille, il faut plaire. »

Que de soins elle a pris de moi! Elle me faisait coiffer jusqu'à trois fois par jour! C'était elle qui combinait mes toilettes, afin que tous les regards se portassent sur moi. Oh! c'était une femme bien adroite! C'est à elle que je dois de n'avoir jamais passé inaperçue. Encore aujourd'hui, lorsque tant de mes contemporaines dorment sottement au coin du feu, moi je vais dans le monde, et j'y trouve ce dont j'ai besoin par dessus tout : de la distraction.

Chacune de ces paroles prouvaient à Pauline que la marquise avait bien fait de former Alice autrement qu'on avait formé Rosella. Il y avait déjà plus de raison dans le petit doigt de la jeune fille que dans la vieille dame tout entière, tête comprise.

Le grand-père, de plus en plus satisfait de sa petite-fille, félicitait la mère-institutrice. Un jour, il lui prit fantaisie de lui écrire une lettre. C'était l'anniversaire de sa naissance. Le vieillard n'avait pas oublié son émotion près du berceau de l'enfant, qu'on avait appelée Espérance, comme si toutes les joies de la famille se fussent concentrées en elle.

En entrant dans son boudoir, la marquise trouva une lettre et reconnut l'écriture de son père.

« Il ne sera pas dit, chère fille, que, faute d'une enveloppe, je ne t'écrirai pas une seconde fois pour faire la paix, après t'avoir écrit, il y a onze ans, pour déclarer la guerre.

« Tu as été une alliée fidèle, et c'est à toi surtout que nous devons la victoire. Ton imagination, contre laquelle étaient dirigées toutes nos attaques, a consenti elle-même aux négociations. En d'autres termes, tu es la plus raisonnable femme de la terre. Ta vie est utile et pleine ; notre charmante Alice est ton ouvrage, et ton vieux père est le plus heureux des hommes.

« Ce serait peut-être le moment pour lui de dire son *Nunc dimittis*, mais il n'en a pas le courage, et c'est tout au plus s'il en arrive au *Fiat*, tant la vie lui est devenue douce par toi chère fille.

« Mon auxiliaire, la bonne Pauline, mérite assurément d'être mise à l'ordre du jour. Mais que dire de l'Albanaise? et de mon insigne maladresse?.... et de mon enveloppe sacrifiée?.... Rien. »

Espérance trouva la plus douce récompense dans la joie de son père. Elle regretta une fois de plus les années perdues à chercher la consolation dans la négligence des devoirs ordinaires, et dans l'occupation de soi-même.

Le soir de ce jour, on vit arriver, toujours empressée, toujours coquette, la fameuse Rosella. Comme à l'ordinaire son entrée au salon jeta du sombre dans l'esprit du vieux général; mais comme elle était encore un peu plus prétentieuse et plus ridicule que de coutume, cela le mit en joie et il finit par se dire : Au fait, puisqu'elle vient si souvent nous ennuyer, il faut du moins que je me venge.

Sur ce, il sortit de son mutisme, pour dire à la visiteuse, qui semblait en veine de raconter ses pérégrinations et ses prétendus succès de Casino :

— Voyons? Nous écoutons. Donnez-nous votre Odyssée, *in extenso.*

— Toujours ce malheureux latin ! Comment est-il possible, Mesdames, que vous, dont la puissance est connue, vous n'ayez pas fait perdre au général cette mauvaise habitude?

— Allons! voilà qu'on va recommencer la petite
guerre! Je suis un homme perdu! De grâce,
Madame, un peu d'indulgence, je vous le demande en souvenir de l'Albanie!

Rosella sourit à l'allusion.

— Dites-nous quelque chose de vos excur-
sions parlez *de visu*. La jeunesse, comme la vieillesse, aime les récits, et je suis sûr qu'Alice
s'intéresse autant que moi aux aventures loin-
taines. N'est-ce pas, Alice?

— Oui, bon papa.

— Voyez-vous? Je le savais bien. *Talis pater,
talis filius.*

— Pourquoi ne pas dire cela en français?

— Excusez-moi. Vous avez fait un voyage
magnifique?

— Délicieux!

— Qu'avez-vous parcouru? L'Angleterre? l'Es-
pagne? l'Italie? Rome *intra muros et extra muros.*

— Rien de tout cela.

— Alors la Chine? puis le Japon?

— Non, j'ai passé mon temps fort agréablement aux eaux, où j'ai rencontré un monde fou!

— Je comprends le charme. Vous avez l'esprit
jeune; vous aimez le changement d'entourage,
le mouvement. Ce que vous craignez c'est le
statu quo.

— Du français?

— Je veux dire qu'à la ville vous désirez la campagne *et vice versa*. Enfin, vous avez horreur de l'immobilité.

— Pas tant que du latin. Je vous dirai que j'ai trouvé aux eaux un entrain, une gaieté!....

— Quoi! les malades étaient plaisants?

— Il s'agit bien de malades! des gens charmants! chantant, riant, dansant.

— Dansant? voilà un moyen curatif! du reste, les Romains faisaient grand cas des eaux thermales. Plus d'un riche patricien y trouvait, dans ses maux, un remède *ad hoc*.

— Je ne sais ce que vos ennuyeux Romains y trouvaient; je sais que je m'y suis fort amusée!

— Pour quelle affection envoie-t-on là? Peut-être pour une espèce de spleen, dans le genre de celui dont vous avez failli être victime à Kerniou?

— C'est possible, car le meilleur antidote est la distraction.

— Il m'en souvient; nous en avons eu beaucoup. Vous voilà définitivement rentrée à Paris?

— Définitivement.

— Vous deviez sentir le besoin de reprendre le flot?

— Oui, vraiment. Il se passe tant de choses dans ce Paris pendant qu'on n'y est pas!

— Eh bien? *quid novi?*

— Qu'est-ce que cela?

— Ah! toujours cette mauvaise habitude! je voulais dire quoi de nouveau?

— Les formes de nos chapeaux sont absolument changées. C'est désolant! Il faudrait avoir douze chapeaux par an !

— *Au minimum.* Madame, vous me permettrez de vous dire, avec tout le respect que je dois...... à votre chapeau, que c'est tout simplement de la folie, que c'en est le *nec plus ultra.*

— Quoi? voulez-vous que je mette mon chapeau de l'année dernière? Impossible! j'aurais l'air d'une vieille!

— Je sais, Madame, de quelle importance est le chapeau dans la toilette d'une femme. C'est surtout du chapeau qu'on peut dire en tout temps : « *Finis coronat opus.* »

— Je ne sais pas ce qu'on en a pu dire quand on parlait latin; mais de nos jours, mon chapeau est un point capital.

Le tic nerveux si connu venait d'apparaître, le fameux clignement de l'œil gauche, indiquant que la mesure d'irritation était au comble; ce que voyant Espérance, elle détourna sans effort la conversation, se mit en tiers, et rendit service à tout le monde.

Au bout d'un instant, le tic nerveux disparut, et Rosella, revenant au sourire juvénile qu'elle avait parfois, dit en changeant absolument de ton :

« Il faut vous avouer, mes amis, que je vous fais ce soir une visite intéressée. Je viens vous demander un service.

— Que pouvons-nous faire, Madame, qui vous soit agréable? Parlez; vos désirs sont nos lois.

— Général, en deux mots, voici ce dont il s'agit. Telle que vous me voyez, je viens de faire maison nette.

— Vraiment?

— Oui, j'étais fort mal entourée. Ma femme de chambre se moquait de moi; ma cuisinière, tout en me volant bien entendu, m'empoisonnait quand je dînais toute seule; et mon valet de chambre semblait toujours prêt à me rire au nez. Je les ai mis tous à la porte le même jour, excepté mon cocher parce qu'il faut panser mes chevaux, mais il aura son tour prochainement.

— Avez-vous déjà remonté votre maison?

— A peu près. Il me manque un valet de chambre, et c'est à ce sujet que je viens très-humblement vous présenter ma requête Voulez-vous bien me prêter Laurent demain soir?

— Certainement Madame; il sera chez vous à l'heure que vous fixerez.

— Je vous remercie, général. Vous voyez que je ne doute pas de votre obligeance? Il faut maintenant vous dire pourquoi j'ai besoin de Laurent.

Ici le visage ridé de l'Albanaise prit cette expression vive et joyeuse qui lui était familière quand elle allait raconter quelque nouvelle aventure. Alice la regardait, comme autrefois elle regardait les marionnettes.

« Voici ce qui m'est arrivé : Je suis connue, c'est évident, très-connue, surtout de l'autre côté de l'eau, et particulièrement dans la société étrangère. Imaginez que ce matin, de bonne heure, je venais de me lever ; je n'avais eu que le temps de déjeuner, il était à peine une heure ! Ma nouvelle femme de chambre vient me prévenir qu'un monsieur très comme il faut demande s'il peut avoir l'honneur de me parler, s'excusant très-poliment de l'heure inopportune. On me remet sa carte.... un nom étranger, suédois, je pense. Je fais prier ce monsieur de vouloir bien m'attendre au salon, et ma femme de chambre revient m'aider à passer une robe. J'étais coiffée fort heureusement. Un quart d'heure après, j'arrive au salon ; je trouve un monsieur d'une politesse exquise, cette politesse du nord, vous savez? Oui, je pense que ce doit être un gentilhomme suédois.

— Allons, Madame, une page de plus pour vos mémoires.

— N'est-ce pas? c'est fort amusant. Ce monsieur bien mis, bien ganté, de bonnes manières, enfin un homme du grand monde, me parle d'un fort beau bal de souscription que la société étrangère donne après-demain.

— Ah! voilà votre affaire! Vous aimez les étrangers.

— Oui, beaucoup.

— Je le sais, et j'ai plus d'une fois pensé que nous aurions le droit d'être jaloux.

— Allons, allons, pas de susceptibilité, j'aime tous les gens aimables, et vous aussi, quand vous ne parlez pas latin. Mais je vois avec plaisir que depuis quelques instants vous vous en abstenez.

— Je crois bien! avec vos regards sévères, pauvre malheureux que je suis, vous m'avez réduit *a quia*!

— Quel quia? Chut! chut! écoutez donc mon histoire.

— Ah! voyons le gentilhomme suédois? Parlait-il bien français au moins, celui-là?

— Pas trop; mais un étranger! c'est tout simple. Il m'a dit de cette fête projetée des choses ravissantes! Il y a, m'assure-t-il, un entrain qui ne se voit nulle part. Cela va m'amuser singulièrement.

— Vous irez?

— Qu'en pensez-vous? une société délicieuse et du meilleur genre, car c'est naturellement la première question que j'ai faite.

« Ce monsieur m'a répondu : « Madame, si vous voulez bien nous faire l'honneur de votre présence, vous verrez des gens appartenant aux meilleures maisons de France et de l'étranger. Diplomatie, armée, magistrature, tout y est dignement représenté, et s'il n'en était pas ainsi, je ne me permettrais point de solliciter votre gracieux concours. » Ah! il a été fort poli. Les hommes du Nord ont si bon genre!

— Est-on heureux dans le Nord! Nous ne sommes plus rien, nous, pauvres diables des zones tempérées! Mais comment? vous irez là sans avoir la certitude d'y trouver une seule figure de connaissance?

— Bah! tout Paris doit y être.

— C'est drôle; nous n'avons pas entendu parler de cela.

— Sur votre ennuyeuse rive gauche, est-ce qu'on entend jamais parler de rien?

— D'ailleurs, mon père, nous vivons tellement en dehors des agitations de Paris, que beaucoup de nouvelles, de projets et de têtes passent pour nous inaperçus.

— Nous n'y perdons guère. Comment, vraiment? vous allez vous risquer ainsi?

15

— Ne vous inquiétez pas de ma petite personne, mon cher général, dit Rosella avec une sorte de trouble printanier, hors de saison, je me suis assuré un visage ami et un bras protecteur en cas de besoin.

— A la bonne heure ; car je n'aimerais pas vous voir ainsi, toute seule, courir les aventures. »

Rosella fit une petite grimace et dit, avec l'accent du doute demandant un conseil :

« Il me semble, général, qu'à mon âge, on peut aller un peu partout?...

— Diable! ce n'est pas sûr, répondit malignement l'adversaire; mais un doux regard de sa fille et l'extrême envie de rire d'Alice lui coupèrent la parole. »

Rosella reprit :

« Ne craignez rien, je suis très-prudente, et, comme je vous le disais tout à l'heure, je trouverai dans ce cercle d'élite un ami, cet ami anglais dont je vous ai si souvent parlé. Il ira de son côté, et moi du mien, et nous nous retrouverons avec le plus grand plaisir.

— Allons! je vous souhaite, Madame, de n'avoir point de déception; il y en a souvent dans ces fêtes composées de tant d'éléments hétérogènes.... Enfin, puisque cela vous plaît, il n'y a rien à dire.

— Oh! cela me plaît beaucoup! Il m'a seulement été désagréable qu'une pareille distraction tombât juste au moment où je faisais maison nette.

— Maison nette! ce doit être bien gênant!

— Non. Cela vous étonne, vous qui tenez à garder vos domestiques?

— Oui, si je perdais Laurent, j'en aurais un véritable chagrin.

— Oh! vous en prendriez un autre. Une maison montée comme la vôtre ne manque jamais de serviteurs... Moi, j'éprouve de temps en temps le besoin de les mettre à la porte, et je m'en trouve bien. J'ai gardé Francine quelques années, parce qu'elle me coiffait à l'air de ma figure; mais un beau jour je l'ai renvoyée du soir au lendemain. Ces gens-là, quand ils restent longtemps chez vous, deviennent familiers; puis viennent, avec l'âge, les maladies, les infirmités; il faut les faire soigner, leur donner les invalides; trop heureux si l'on n'est, pour ainsi dire, obligé de leur faire des rentes! Non, non, maison nette! maison nette!

— Ils ne s'attachent pas.

— Ni moi non plus. Je voudrais savoir pourquoi vous tenez tant à votre paysan breton? C'est un brave garçon, c'est certain; mais il y en a d'autres! Celui-ci est donc sans défauts?

— Je vous demande pardon; Laurent a, au

contraire, comme moi du reste, beaucoup de petits défauts; mais il n'a pas de vices; c'est
pourquoi nous tenons à lui, et si bien que je
voudrais lui voir épouser une jeune ouvrière que
ma fille vient de prendre pour femme de chambre,
et dont la mère est à la tête de la lingerie.

— Mauvais arrangement, général; ne poussez
pas à ce mariage.

— Pourquoi? ce sont deux bons sujets. Lui
hésite, il a tort. S'il se décide, je le verrai avec
plaisir.

— Cette petite est donc bien intéressante?

— Extrêmement; ma fille l'a connue tout enfant et l'a toujours protégée.

— Vraiment, j'admire notre marquise! s'occuper de ce monde d'en bas, je trouve cela héroïque!

— Peut-être, Madame, n'avez-vous jamais vu
de près une belle âme d'enfant, luttant contre la
pauvreté, consolant son père malade, se dévouant
à sa mère devenue veuve?

— Pour cela, non! Il est vrai que je n'ai pas
coutume de regarder au-dessous de moi. Mais
c'est une élégie, que vous me chantez là, ma
chère Espérance?

— Non, Madame, c'est tout simplement l'histoire de Marie Dubreuil.

— Vous avez la main heureuse! Moi je ne vois

guère dans le peuple que des menteurs et des coquins. Un tas de paresseux qui ont besoin de nous, et qui nous envient notre fortune. Au bout du compte, s'ils sont malheureux, ce n'est pas notre faute, et c'est nous qui sommes obligés de les secourir.

— Que diable! c'est tout clair, puisque c'est nous qui avons en main les capitaux.

— Je ne trouve pas cela si clair. Toujours des quêtes pour Pierre et pour Paul! Je déchire ces lettres de quête sans les lire. D'ailleurs, sait-on seulement où va l'argent qu'on nous soutire!

— On le sait, Madame. Il ne faut pas parler ainsi *ab hoc* et *ab hac*.

— Je parle français, me semble-t-il?

— Vous parlez français; mais permettez-moi de vous le dire vous ne connaissez pas les choses que vous jugez si légèrement.

— Il est vrai que je ne me suis jamais occupée des pauvres qui, par parenthèse, sont souvent plus riches que moi, car tout est relatif.

— Tout est relatif, je suis de votre avis, Madame, et je blâme avec vous les besoins factices que se crée la classe indigente; mais prenons garde, tout n'est pas factice.

— Presque tout.

— Détrompez-vous. Ma fille, dans ses visites de charité, voit des positions navrantes!

— Ils s'y mettent pour ainsi dire exprès. Ils sont buveurs, ils sont gourmands! Et puis, ils se marient?.... Qui est-ce qui les prie de se marier? Tenez, ne parlons pas de ces gens-là; ils ne m'inspirent pas le moindre intérêt. »

Le général se tourna vers sa fille et lui dit tout bas :

« Voilà ce qui excuse, jusqu'à un certain point, la pauvre Amanda.

— Que dites-vous, général? Vous parlez d'une fille nommée Amanda?

— Oui, une fille fort belle, que la vanité et la toilette ont égarée. Espérance l'a connue par Marie Dubreuil.

— Quoi? vous avez connu cette petite sotte qui achetait de beaux rubans au lieu de se nourrir? Elle travaillait pour moi; elle ne chiffonnait pas trop mal; mais nous nous sommes brouillées. Elle avait toujours, à point nommé, un rhume ou la fièvre, ce qui la rendait fort inexacte. Moi, je ne pouvais pas entrer dans tout cela; il me faut de l'exactitude. Et puis, ne s'est-elle pas avisée de me demander un jour, sous prétexte de maladie, de pharmacien, je ne sais quoi, de lui payer ses notes quand elle rendait l'ouvrage? Quelle impertinence! Je ne paye qu'une fois l'an, au départ. Je lui ai dit : Mamselle, voilà votre argent, c'est le dernier que vous aurez de moi. Et je l'ai plantée là. Je ne sais pas ce qu'elle est devenue.

— Ce qu'elle est devenue, nous le savons.

— Oh ! vraiment, général ?

— Elle s'est découragée, puis cabrée. Elle a trouvé que nous, les riches, étions bien durs. Peu ferme dans ses principes, orgueilleuse de sa remarquable beauté, elle a donné dans le travers. Un temps de folie, un temps bien court, car la poitrine était déjà attaquée. Nous entendant maudire par ceux qui l'entouraient, elle nous a maudits comme eux. Elle a appelé, de ses désirs aigris, la dissolution de la société. Espérance va vous dire le reste, car elle s'est fait conduire à l'hôpital où la malheureuse se consumait. Là, elle a trouvé.... dis ce que tu as trouvé.

— Hélas ! une âme tout près du désespoir. Une seule affection lui restait, celle de l'innocente Marie, qui l'aimait par compassion. Pauline et moi, nous avons essayé de la consoler, de la soulager. Elle nous a écoutées, pauvre fille ! Elle a demandé pardon à Dieu et reçu les derniers secours que nous offre l'Église. Le calme s'est fait ; elle est morte en nous baisant les mains.

— Tout un roman, ma chère ! Vous faites des merveilles ! Cela ne m'étonne pas. Vous avouerez pourtant, que cette fille n'était nullement intéressante puisqu'elle s'était mal conduite. „

Espérance ne trouva rien à répondre à ce cœur naturellement sec, et qui n'éprouvait aucune pitié, même devant le repentir.

Il vint, le fameux bal. Laurent se trouva à l'heure dite, en livrée, à la disposition de Rosella qui, plus que jamais parée et ridicule, se disposait à partir vers onze heures pour arriver au moment brillant.

On sonne; le gentilhomme suédois, avec l'urbanité exquise du Nord, vient lui baiser la main, et lui offrir d'être son cavalier servant, trop heureux de pouvoir lui présenter les principaux personnages qui figureront au bal. Rosella accepte de l'air dont on accorde une faveur; et le gentilhomme, toujours louant, toujours saluant, la fait monter en voiture.

Laurent prend place sur le siége; il adresse quelques mots au cocher qui ne lui répond pas, et paraît fort contrarié de sa présence. Laurent ne lui parle plus et le laisse tout à ses chevaux.

On arrive; Rosella, appuyée sur le bras du Suédois, disparaît aux yeux de Laurent. La voilà qui fait une entrée à sensation; on se regarde, on chuchote. Elle est flattée de l'effet qu'elle produit. En vain cherche-t-elle des yeux quelques figures de connaissance; l'élément étranger domine apparemment, car elle ne retrouve aucun

Le gentilhomme suédois vient lui baiser la main.

de ces piliers de salon qu'elle a vus jusqu'ici partout. L'ami anglais ne paraît pas; mais il y est, bien sûr, et il saura bien la retrouver tôt ou tard, fût-elle mêlée à la pléïade brillante des danseuses. D'ailleurs, elle est en si bonnes mains! Ce Suédois est si comme il faut!

Ainsi pensait-elle, se contentant de saluer d'un air digne les messieurs que lui présentait le Suédois. C'étaient bien, en effet, tous gens du meilleur monde; il n'était question que de jeunes gens attachés aux différentes ambassades, que d'hommes remplissant diverses fonctions dans les ministères. Celui-ci était le commensal d'un maréchal de France, celui-là d'un duc et pair, ce troisième représentait la vieille noblesse de Pologne, cet autre avait l'air d'un mylord, cet autre encore était d'une maison princière. La haute finance, le haut commerce, la haute industrie, tout se trouvait là, et, de plus haut en plus haut, on arrivait à la quintessence de la société européenne. Il y avait une teinture américaine, pour ajouter au piquant; sans doute quelques gros banquiers, ennuyés de leurs millions, et les semant pour se distraire.

Rosella était stupéfaite, émerveillée de tout ce que lui disait le Suédois. Néanmoins, elle ne pouvait s'empêcher de trouver singulier le genre de cette réunion cosmopolite. Rien ne s'y passait

comme dans les cercles ordinaires du monde
parisien. On y parlait très-haut, appelant à tout
propos chaque personne par son nom, quoique lui
parlant en face. Il y avait de très-libres allures.
Le ton des femmes, et surtout des plus jeunes
et des plus jolies, était léger, sans façons, hardi,
tapageur.

Rosella avait à peine le loisir de remarquer
ces nuances; ce qui la frappait surtout, c'étaient
les hautes coiffures à fleurs, les élégants cor-
sages, les longues traînes, et par-dessus tout,
l'obligeance du Suédois qui semblait faire un
cours historique et politique, tant il l'étourdis-
sait de grands noms.

Les rafraîchissements circulaient, le gentilhomme arrêtait les servants au passage. Rosella
n'avait jamais été mieux accompagnée, mieux
renseignée, mieux soignée, mieux servie! Ah!
ces hommes du Nord!

Cependant la foule tourbillonne, de plus en
plus joyeuse et animée ; l'orchestre jette dans
l'espace une valse entraînante, les danseurs s'é-
lancent, fascinés par un rythme enchanteur;
Rosella les suit, d'un regard charmé, dans les
spirales qu'ils forment. Le gentilhomme, voyant
l'intérêt qu'elle prend à la danse, se hasarde à
lui proposer un tour de valse. Elle hésite, elle
minaude; il insiste, il entoure de son bras le

buste raide de l'Albanaise.... Elle est lancée ! Mais
la suffocation suit de près l'imprudence. Assez !
assez ! dit-elle à son valseur qui la fait asseoir,
pendant qu'un sourire ironique court sur les
lèvres de tous, et que chacun parle bas à l'oreille
de son voisin. Quelques-uns s'approchent ; de ce
nombre est un homme grand, maigre, distingué
d'aspect ; la marche, le flegme, tout fait supposer
que cet élégant vieillard est un Anglais. Il s'a-
vance avec une sorte de brusquerie amicale, prend
la main de la vieille dame, et lui dit tout bas :

« Sortons.

— Ah ; c'est vous, mon cher William ?

— Sortons.

— Pourquoi donc ? attendez un peu, j'étouffe.

— Sortons. »

Il l'entraînait avec un sang-froid complet et un
poignet irrésistible. Rosella, très-étonnée, se retourna, comme pour chercher le regard protecteur du Suédois. Il s'était esquivé subitement, à
l'approche de l'Anglais. Elle l'aperçut entre deux
portes, gesticulant et parlant avec un homme qui
ressemblait, à s'y méprendre, au valet de chambre
qu'elle venait de renvoyer en faisant maison
nette.... C'était bien lui ! Oui, c'était lui qui
avait monté le coup ; il riait de tout son cœur, et
le prétendu Suédois semblait dire : Mon cher, je
vais me trouver sans place.

— Enfin, demanda Rosella, pourquoi, mon cher William, me faites-vous sortir ? »

L'ami anglais se pencha et lui glissa dans l'oreille :

« Sauvons-nous. Vous êtes au bal des gens et vous venez de danser avec mon cuisinier, que je mettrai à la porte demain. »

Elle voulut répondre ; mais la pauvre vieille était trop humiliée, trop punie de son orgueil, et de son impardonnable légèreté ; elle baissa la tête et se laissa mener à sa voiture, à travers une foule moqueuse. Laurent, sérieux, froid, à part, était là qui l'attendait. Il lui épargna ce qu'il put, et lui fraya un chemin détourné, ne voyant en elle qu'une femme âgée, qui, bien que puérile et ridicule, était du même monde que ses maîtres.

L'ami anglais la reconduisit jusque chez elle. Laurent rentra chez la marquise, bien résolu à garder le secret sur la piteuse aventure dans laquelle s'était si imprudemment jetée la vieille dame. Il se tint parole à lui-même. Le général n'apprit l'étrange déception que par Rosella en personne. Comme elle supposait que Laurent avait raconté tout au long ce qui était arrivé, elle voulut avoir l'air de prendre la chose en riant, et d'être fort au-dessus d'une vengeance partie d'aussi bas. Nul ne s'y trompa. Le géné-

Ah! c'est vous, mon cher William?

ral et les siens ne lui témoignèrent que le sin-
cère regret de sa dignité compromise; mais si
le bon Laurent ne parlait pas, d'autres avaient
parlé, et avant la fin de la semaine, la petite
vieille, qui voulait s'amuser à tout prix, servait
de thème joyeux à plus d'un entretien.

Espérance, devant le silence respectueux de
Laurent, concevait pour lui une estime d'autant
plus grande. Elle le lui témoigna par quelques
paroles dont il comprit la délicatesse. Le général
lui-même ne voulut pas laisser passer inaperçu
cet acte, et lui dit, de sa voix mâle et militaire :

« Laurent, vous vous êtes bien conduit.

Le jeune serviteur aurait dû se sentir heureux
de l'estime de ses maîtres, et pourtant il était de
plus en plus triste, et il maigrissait. Depuis que
Mme Dubreuil avait été placée à la tête de la lingerie, à Paris et à Kerniou, et que Marie était
auprès de la marquise, Laurent semblait accablé
d'un poids que bientôt il ne pourrait plus porter.

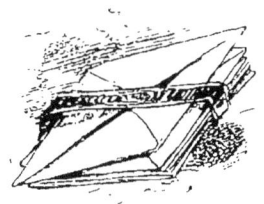

CHAPITRE VIII

Deux larmes.

On continuait à vivre paisiblement à l'hôtel de la rue de Varenne, et Marie s'y trouvait heureuse, voyant le sort de sa bonne mère assuré par un travail proportionné à ses forces. Alice ayant appris que Marie conservait précieusement l'enveloppe jaunie contenant le billet de la marquise, se mit à songer au sort de chacune des enveloppes échappées au désastre, et se rappela qu'elle-même en avait conservé une. Un instant elle rêva à l'emploi qu'elle pourrait en faire, car c'était presque une relique d'un passé déjà lointain et elle voulait la consacrer à quelque mission du cœur. Il lui sembla que la plus délicate serait d'aller porter une joie de plus à sa mère et, se recueillant dans le calme de ses souvenirs, elle écrivit :

« Ma chère maman,

« J'ai cherché ce que je pourrais confier à la jolie enveloppe que vous m'avez donnée, quand j'avais sept ans, et désirant aujourd'hui fixer son sort, je ne trouve à lui confier qu'un mot, un cri, sortant de mon cœur pour aller dans le vôtre : Merci ! … Oui, merci, car vous avez pris soin de m'élever vous-même, et vous avez dit que votre unique enfant a comblé en partie le vide laissé dans votre existence par la mort de mon père. Merci ! car vous m'avez fait aimer tout ce que vous aimez, Dieu, la famille, les pauvres. Merci, car s'il y a en moi quelque chose de bon, c'est vous qui l'y avez mis. Je vous ai causé bien des ennuis et des fatigues, et vous ne m'avez fait que du bien ! Bonne mère, je vous dis, je vous répète, du fond de mon âme : Merci !

« Permettez-moi de vous embrasser avec la plus vive et la plus respectueuse tendresse.

« ALICE. »

Elle mit ce billet dans la précieuse enveloppe, qui comptait onze ans de date ; elle écrivit pour souscription : *A maman*, et le tout fut déposé sur le petit bureau du boudoir.

Espérance, une heure après, entra dans sa jolie solitude, y trouva la pensée de son enfant, et, le cœur plein des sentiments les plus doux, se dit que, au moyen de quelques enveloppes semblables, elle avait mieux connu son devoir. Le soir, elle montra au général la lettre d'Alice qu'elle avait réunie à celle de son père dans un des compartiments de son buvard. Là aussi se trouvaient les deux lettres de l'enfant pâle, dans leurs jolies enveloppes satinées.

« Mais tu n'as pas ton compte? dit le vieillard, Marie t'a écrit trois fois. »

La marquise qui avait si bien gardé le secret de Laurent répondit :

« C'est vrai, mon père; la première enveloppe ne m'est pas restée. Vous en étonneriez-vous après si longues années?

— Non, assurément; je m'étonne bien plus de n'en pas voir ici une autre, cette autre que ma fatale méprise, hélas! a jetée dans notre vie comme un énorme inconvénient! »

On maudit en riant la fatale méprise, et le général se promit de chercher encore quelques mots latins, pour les servir à Rosella, la première fois qu'elle s'aviserait de l'ennuyer trop longtemps.

L'occasion ne se fit pas attendre. A peu de jours

de là, l'importune apparut, toujours très-préoc-
cupée d'effacer les ineffaçables traces de la vieillesse. Réussissant de moins en moins, son caractère s'aigrissait, et surtout depuis son aventure,
à laquelle on avait pourtant la délicatesse de ne
faire aucune allusion. Elle devenait susceptible,
irritable, fort ennuyeuse, disait tout bonnement
son prétendu allié. Il se lamentait en songeant à
la masse de contrariétés que leur avait causées
l'Albanaise; et tout cela pour une enveloppe qui
s'était trompée de chemin, par suite d'une fausse
adresse ! »

« La voilà encore, dit-il tout bas; que cette
femme me fatigue !

Oui, encore une fois elle venait passer la soirée
chez le général pour tuer le temps. La maîtresse
de maison, douce et bonne, soupirait tout comme
autrefois ; Alice avait envie de rire, encore comme
autrefois.

Il était huit heures à peine, on sortait de table.
Rosella d'ailleurs arrivait souvent au dessert
D'autres fois, elle entrait quand on allait sortir;
on avait déjà son chapeau sur la tête; c'était le
moment que choisissait l'indiscrète pour entamer
un récit sans intérêt, mais d'une irritante longueur. D'autres fois encore, on achevait une
lettre, que l'on avouait être pressée ; on n'avait
plus qu'un quart d'heure pour la terminer et la

faire jeter à la poste. C'était précisément ce quart
d'heure que Rosella employait à vous dire qu'elle
ne voulait pas vous déranger.

Espérance était trop bonne pour lutter corps
à corps avec l'importune; le général se méfiait
de sa vivacité, qui dégénérait facilement en brusquerie, et de peur d'en trop dire, il ne disait
rien, en français du moins. Alice seule avançait
un peu les affaires. Son air distrait, sa parole
légèrement caustique, son sourire fin, souvent
mal dissimulé, tout de sa part indisposait con-
stamment Rosella et lui donnait même parfois
l'idée de laisser inachevée sa mission de confiance, et d'abandonner la sérieuse marquise à
son malheureux sort.

— Enfin, pensait-elle, j'ai fait ce que j'ai pu.
Je l'ai du moins retirée du marasme; je lui ai
rendu un peu de vie, un peu d'animation; ce
n'est pas ma faute si elle n'a jamais consenti à
se faire présenter, par moi, chez mes anglais,
où nous nous serions tant amusées ensemble.
Que puis-je tenter de plus, en face d'une femme
de trente-sept ans qui ne cherche qu'à faire valoir sa fille? c'est d'un ridicule complet.

Ce soir là, Rosella après avoir débité bon
nombre de fadaises, grondé Espérance de sa vie
pleine et utile, et fait le procès à tous les gens
sérieux, prit un air guilleret, qu'elle avait perdu

depuis quelque temps. Cet air guilleret était l'inévitable précurseur de toutes les énormités. Donc, le général attendit de pied ferme, bien résolu à la résistance.

« Mes amis, dit-elle tout gentiment, il faut que je vous raconte un joli rêve que j'ai fait.... tout éveillée. Je partais pour l'Italie ; vous veniez avec moi, mesdames, et nous faisions, à nous trois un délicieux voyage ! »

Alice, épouvantée à la seule pensée d'un pareil guet-apens, poussa une exclamation de surprise, mais de surprise douloureuse, comme il arrive quand on se pique ou qu'on se pince. Espérance, qui tenait en main une broderie, inclina la tête et sembla ne plus voir en ce monde que son ouvrage. Le général fut pris d'une toux bruyante qui ne se produisait que quand il n'était pas enrhumé.

Cette pantomime n'échappa point à l'Albanaise ; elle regarda Alice.

« Eh bien, dit-elle, il me semble que vous devez aimer les voyages, Alice, et vous ne répondez rien à mon joli rêve. Ma proposition ne vous agrée point, apparemment ? D'ailleurs, ce n'est pas d'aujourd'hui que je trouve en vous une opposition systématique.

Alice ne s'excusait même pas. On eût dit qu'il lui devenait indifférent de froisser Rosella. Celle-ci s'agitait dans son fauteuil, avec tous les signes de l'impatience. Elle continua :

« Allons, je le vois, j'ai eu tort de caresser mon rêve. J'ai cru qu'il plairait à d'autres ; je me suis trompée, car il ne plaît ni à votre mère, ni à vous.

— Il est certain que je ne suis pas d'une humeur voyageuse, dit doucement Espérance.

— Comment ? L'Italie ? Cela ne vous dit rien ? Partir ensemble ? Nous communiquer nos impressions ?

— Allons, allons, reprit le général, s'efforçant de donner à l'entretien un tour plaisant, vous êtes une sirène, mais on n'écoutera pas vos chants. Comment, vous voudriez m'enlever ma fille et ma petite fille ? Me laisser là tout seul, auprès de mes tisons ?

— On prétend que tisonner est le plaisir des vieux ; cela doit vous séduire, puisque vous vous trouvez vieux ?

— Hélas ? je ne suis pas le seul de mon avis ! Personne ne me le dit, mais tout le monde le pense.

— Donc, les tisons.

— Les tisons ? seulement les tisons ? Non, non, il me faut mon monde. En vieillissant, je deviens égoïste. *Primo mihi.*

— Je vous ai entendu dire mainte fois pourtant

qu'il faut se dévouer aux siens, s'oublier pour eux. C'est une fort belle théorie, mais je vois qu'en pratique vous faiblissez.

— Je ne vous dis pas que j'aie raison; je vous dis au contraire que j'ai tort.

— Assurément. Vous devriez en cette circonstance vous unir à moi, pour décider Espérance à partir. Un si joli voyage! fait ensemble! quelle distraction!

— Madame, ce que vous dites est plein de sens; je le reconnais, je me sens coupable; mais que voulez-vous? *Primo mihi.*

— Du français, je vous en prie? Voyez quelle inconséquence? vous dites que vous vous reconnaissez coupable, et vous ne vous corrigez pas.

— C'est pourquoi je deviens plus coupable encore. Vous voyez que je m'avoue vaincu?

— Général, trève de plaisanterie. Il faut que je vous dise la vérité une bonne fois. Si Espérance n'a pas retrouvé, par mes soins assidus, tout l'entrain qu'elle doit avoir, c'est vous qui en êtes cause.

— Ah! madame, vous m'accablez! Ceci, c'est le *Væ victis* du Brenn gaulois!

— Allons! Bon! voilà les gaulois maintenant!»

Rosella, depuis l'imprudente exclamation d'Alice, avait été reprise de son tic nerveux. Ce latin et ces gaulois achevaient de la désespérer. Elle dit avec aigreur :

« Enfin je n'insiste pas sur mon charmant projet de voyage en commun ; je n'en parlerai plus. D'ailleurs, si je me suis permis de faire cette proposition, c'est parce que, autrefois, vous m'avez vous-même confié Espérance. Vous en souvenez-vous ?

— Ah Madame ! Je n'ai garde de l'oublier.

— Oui, vous me l'avez confiée par une lettre, et non point par des paroles en l'air.

— Vous avez bien raison, madame..... *Verba volant; Scripta manent.* Hélas !

-- Hélas ! Pourquoi hélas ? que signifie ce latin ?

Le général aurait donné beaucoup pour reprendre son interjection.

« Madame, di-il, vous n'aimez pas qu'on traduise, ordinairement.

— Ah ! il paraît que votre latin perd à la traduction ? Mon rôle est fini, je le vois, et j'aurais dû le voir plus tôt.

Elle se leva, salua cérémonieusement et partit.

Dès qu'on eut refermé la porte du salon, Alice dit à demi-voix !

— Nous voilà brouillés, quel bonheur !

Espérance, toujours bonne, regretta que les

choses se fussent ainsi passées; mais son père
en prit très-bravement son parti.

Le lendemain matin, le général reçut un billet
fort sec. Rosella disait en quelques lignes que, à
défaut de traducteur, elle avait un dictionnaire,
et comprenait maintenant combien peu son dévouement avait été apprécié. Voulant rompre
absolument, elle renvoyait, dans son enveloppe,
la lettre du général.

La bonne marquise en fut tout attristée, bien
que cette rupture la décrochât d'un poids fort
lourd. Quant à Alice, elle ne put s'empêcher
d'en sauter de plaisir.

« Bon papa, que ferez-vous de cette lettre?

— Ce que j'en aurais voulu faire depuis qu'elle
est écrite. Regarde.

Alice regarda et vit au foyer une flamme qui
montait, follette et capricieuse. La lettre se consumait et l'innocente enveloppe, si tristement
compromise en cette affaire, terminait sur le
bûcher une vie malheureuse, hors de sa voie, en
butte au mépris, à toutes les douleurs! Si jamais
condamnation au feu fut injuste, c'est bien
celle-là !

Le général, seul coupable, ne s'en frottait pas
moins les mains avec délices !

Quelques semaines plus tard, toute la famille
était réunie sous les ombrages de Kerniou, et

Pauline s'était prêtée à l'amitié pour un mois. Un soir, seule avec la marquise, elle jetait un affectueux regard sur le passé.

« Amie, disait-elle, vous devez vous estimer bien heureuse. Dieu vous a visiblement bénie dans votre père et dans Alice, et je dirai même dans cette sage et intéressante fille que vous appeliez autrefois l'enfant pâle.

— C'est vrai, ma chère Pauline, je n'ai qu'à remercier le ciel et vous, car c'est vous surtout, après mon bon père, qui m'avez retirée du vague, de la rêverie, de la douleur inoccupée, de cet égoïsme voilé, selon l'expression de mon père. Sans vous, j'aurais perdu ma vie comme j'ai perdu les premières années de mon veuvage.

— Je n'ai rien fait; c'est la charité qui vous a transformée. Mais vous en avez été récompensée même en ce monde, ce qui est rare. Marie vous est fort attachée; elle est reconnaissante, et sa mère l'est aussi.

— Oui, je suis contente du parti que j'ai pris. Marie est travailleuse, elle me donne tout son temps, et ces deux femmes paraissent heureuses sous mon toit.

Cela doit être. Les mères ont toujours peur de mourir. Mme Dubreuil voit le sort de sa fille assuré et se réjouit en pensant que, sans se séparer d'elle, Marie amassera peu à peu une petite

fortune, et sans trop de fatigue, car vous n'abu-
sez pas, vous!... Espérance, savez-vous ce que
je pensais, ce que tout le monde pensait?

— Quoi donc?

— Que votre breton, votre fidèle Laurent, voudrait quelque jour épouser Marie, et que Marie
ne demanderait pas mieux.

— Mon père le désirait, nous le désirions tous.

— Au lieu de cela, depuis que je suis arrivée
chez vous, ma bonne amie, je vois Laurent s'at-
trister de plus en plus.

— Ah! vous l'avez remarqué?

— Oui; je me demande ce qui se passe dans
la tête de ce brave garçon?

— Qui peut le savoir?

— Chère Espérance, j'ai même entendu dire
qu'il pense à vous quitter.

— Il nous a servis bien fidèlement depuis dix
ans.

Quelle faute il ferait en sortant de votre maison! Où trouverait-il plus de bonté, d'égards, de
bons conseils?

— Nous l'aimons bien; nous l'avons eu si
jeune!

— Je trouve que vous quitter serait, de sa part,
une ingratitude et une folie.

Quoi! vous l'avez formé au service; vous avez
protégé, secouru sa famille, et tous les ans vous

le ramenez au pays? Et pourtant, j'ai ouï dire
qu'il avait fait des démarches, au moment du
départ pour la campagne. A vous dire vrai, j'en
ai la certitude.

— Pauvre Laurent! Cela passera peut-être; il
faut attendre. »

On attendit; cela ne passa point. Laurent devenait de plus en plus sombre et distrait. Il ne prenait goût à rien, et semblait tout faire par devoir.
On n'avait pas à se plaindre de son service;
mais il était ponctuel avec raideur, et paraissait
aigri contre lui-même. Espérance ne regardait
plus son serviteur qu'avec tristesse; et ayant
seule la clef du passé, de ce passé fermé à
tous, elle cherchait une occasion de rompre la
glace.

Un jour, ayant trouvé Laurent seul dans un
bûcher, où elle était entrée pour jeter un coup
d'œil de maîtresse de maison, elle lui dit, de ce
ton absolu dont sa grande douceur ôtait toute
rudesse :

« Laurent, vous avez de la peine.

— Je n'ai rien, madame la marquise.

— Si. Vous avez de la peine et il y a longtemps.

— Oh! ce n'est rien.

— Dites-moi ce que vous avez? à moi, seulement? »

Laurent leva les yeux sur sa bonne maîtresse,

et sa gorge se serrant, il ne put articuler une parole.

— Vous ne me répondez pas? Eh bien, c'est moi qui vais vous parler. Laurent, vous voulez nous quitter.... Vous avez fait tout dernière-ment, à Paris, des démarches pour vous placer; et si vous aviez réussi, vous ne seriez pas revenu avec vos maîtres à Kerniou.

Le pauvre garçon laissa tomber la hachette qu'il tenait à la main. Il baissa les yeux et dit :

« C'est vrai, madame; mais faut pas m'en vou-loir, ce n'est pas ma faute.

— Je ne vous en veux pas, mon ami; mais il faut que je sache pourquoi vous préférez ne pas rester avec moi?

— Ah! madame, ne dites pas ça! Préférer? Ah! j'aurais bien voulu au contraire mourir dans la maison, comme le pauvre vieux jardinier que vous avez soigné l'année dernière.... mais ce n'est pas ma faute; je suis trop malheureux! »

Il s'appuya contre la muraille; Espérance eut compassion de lui.

— Vous ne voulez pas me dire ce qui vous rend si malheureux?

— Je n'oserai jamais.

— Eh bien, je vais vous le dire, moi. Vous voudriez épouser Marie.

— Madame devine donc tout?

Laurent, vous avez de la peine?

17

— Oui, tout. Vous voyez qu'il est inutile de chercher à me rien cacher? Du reste, mon père et moi, nous approuverions hautement votre choix.

— Non, c'est impossible, je ne l'épouserai jamais. »

Le pauvre breton, fatigué de l'affreux souvenir qu'il n'avait jamais perdu, semblait confus sous le regard, si bon pourtant, de la marquise. Celle-ci voulait achever son œuvre.

Pourquoi hésitez-vous à faire ce que vous désirez?

— Madame, je ne le peux pas; ce serait tromper Marie! Elle ne sait rien.... Si elle savait!... Non, non, il faut que je m'en aille. Ça fait qu'au moins je ne la verrai plus.

Ça me fera bien de la peine de quitter mes maîtres ; mais je suis trop malheureux, je n'en peux plus !

— Pourquoi vous faire tant de chagrin? Votre secret n'a-t-il pas été bien gardé?

— Ah! oui, madame, grâce à vous!

— Mme Dubreuil vous donnera très-volontiers sa fille; elle m'a souvent parlé de vous. Je lui ai dit que vous êtes ce qu'était Benoît votre père : un honnête homme. »

Il leva ses yeux pleins de larmes et dit plus bas, comme si l'on avait pu l'entendre :

— Madame a donc oublié ?

— Oublié quoi ? Je ne me souviens que d'une larme tombée autrefois sur le nom de Marie. Cette enfant a gardé votre jeunesse ; et depuis que vous avez subi son influence, vous avez toujours fait votre devoir de chrétien et d'honnête homme.

— C'est égal, si elle savait !...

— Elle ne saura jamais rien.

— Mais moi, Madame, je sais ! C'est ça qui me tue ! Il faut que je lui dise tout, absolument tout.... Elle me méprisera ! Ah ! je ne lui en voudrai pas ! Je m'en irai, voilà tout. »

Il ne pouvait plus parler, il étouffait.

« Mon ami, dit la marquise, du son de voix le plus doux, vous avez là une pensée bien délicate, bien généreuse. Assurément, avouer tout à Marie n'est pas une chose nécessaire ; vous vous êtes repenti, vous avez réparé, Dieu ne demande pas de nous davantage. Mais puisque vous le voulez, il faudra tâcher de trouver une occasion le plus tôt possible. Vous ne pouvez rester ainsi..... »

Espérance, entendant un bruit de pas, continua sur le même ton :

« Il faudrait fendre quelques-unes de ces grosses bûches, et ranger un peu le bûcher, Laurent.

— Bien madame.

— Quoi donc? dit gaiement le général, vas-tu nous faire faire du feu? cela sentirait l'automne. Laisse-nous notre été, j'y tiens beaucoup. »

Il jeta un regard sur Laurent qui, avec une agitation fébrile, commençait à ranger le bûcher.

« Veux-tu faire un tour de parc?

— Volontiers, mon père.

Espérance posa son bras sur celui du vieillard. A peine étaient-ils sortis des communs qu'il lui dit :

« As-tu remarqué les yeux rouges de ce pauvre garçon? Je crois, ma foi, qu'il a pleuré.

— Il a souvent l'air triste, en effet.

— Ce pauvre diable! Il me fait de la peine. Je parlais de lui tout à l'heure avec Pauline, et je lui disais qu'au bout du compte, Laurent était un sot. Quel chagrin peut-il avoir, voyons? A son âge, on n'en a qu'un. Pourquoi ne demande-t-il pas Marie? La mère en serait fort aise, elle me l'a dit; et la fille, qui ne me l'a pas dit, en serait plus aise encore. Il faut que je tâche d'arranger cela. Pas plus tard que demain, dimanche, je lui donnerai son après-midi, pour aller chez sa mère et je lui conseillerai d'emmener Mme Dubreuil et sa fille, pour leur faire un peu connaître le pays, et en même temps voir sa famille. Le long du chemin, ils causeront. En allant, on en dira la moitié, et en revenant on dira le reste.

Qu'en penses-tu? On dirait que cela ne t'intéresse pas?

— Cela m'intéresse beaucoup, au contraire; mais je trouve la chose en si bonnes mains qu'il me semble inutile de m'en mêler.

— Allons, c'est entendu. Demain, la promenade; et tu verras que je réussirai. »

Le lendemain, le soleil se leva radieux. Marie était toute joyeuse à la pensée de courir les champs, et d'aller voir la Benoît et ses filles. Mme Dubreuil, plus grave d'allures, était peut-être encore plus contente; car depuis déjà longtemps, elle avait une arrière-pensée, qu'elle caressait dans ses rêves maternels. C'était surtout à cause de cette arrière-pensée qu'elle avait si promptement accepté la proposition de la marquise, et quitté sa mansarde. Sa mansarde, elle l'aimait, parce que, du moins, en se penchant sur le bord de sa fenêtre, on pouvait apercevoir la remise qui servait d'atelier au pauvre menuisier.

Ce dimanche, malgré le radieux soleil, Mme Dubreuil se sentait fatiguée; mais elle se garda bien de le dire. L'amour des parents n'a rien d'égoïste. Elle ne voulait pas priver Marie d'un plaisir. On partit, et l'on admira la campagne;

mais rien ne fut dit en chemin, de ce qu'on aurait voulu dire.

Chez la Benoît, on fut reçu à bras ouverts. Les deux mères s'entendaient à demi-mots, et même sans parler, car, ayant la même pensée, elles s'étonnaient secrètement de ce que cette bonne pensée ne fût pas encore passé par la tête de Laurent. Les trois sœurs firent fête à Marie, la jolie fille, qui, disait Joséphine, n'était pas du tout gênante, quoiqu'elle vînt de Paris. On parla de la marquise, de sa bonté. On savait que de biens étaient venus par elle. Il y eut un goûter sur l'herbe, goûter breton, des beurrées et des fruits. Les jeunes paysannes secouèrent le grand cerisier qui faisait l'ornement du jardin.

« Pourquoi donc Laurent ne nous aide-t-il pas? disaient-elles. Il a l'air tout triste; qu'est-ce qu'il a donc? Laurent? Laurent? »

Il vint secouer le cerisier; mais sans jouer, sans rire. Il jetait pourtant à Marie les plus belles cerises. Joséphine lui en fit des boucles d'oreilles; et comme son frère, commensal de la jeune fille, l'appelait Marie sans dire mademoiselle, la villageoise dit tout bas, étourdiement comme à l'ordinaire :

« Marie, cela vous va bien; je vous trouve jolie, je vous aime; c'est dommage que vous ne soyez pas ma sœur! »

Marie devint aussi rouge que ses boucles d'o-
reilles ; et Laurent, qui avait entendu, demeura
triste, mais triste à faire pitié!

« C'est drôle! s'écriait Joséphine à tout instant
avoir l'air fâché quand il fait si beau! Mais regarde donc le soleil? »

Laurent ne regardait point le soleil.

Deux bonnes heures passèrent ainsi. Excepté
Laurent, tout le monde avait l'air enchanté. On
ne se quitta qu'après s'être embrassées, la connaissance était faite.

On reprit donc, à trois, le chemin du château ;
mais la mère était fatiguée. On l'avait fait manger à une heure inaccoutumée. Le pain était
tendre, le beurre était bon, le cidre aussi. L'hospitalité bretonne est si vraie que Mme Dubreuil
s'était laissé tenter ; mais ce petit repas lui pesait.

« Laurent, dit-elle, après un quart d'heure de
marche, je me sens bien lasse. N'y a-t-il donc
point un chemin plus court?

— Si ; il y a le bois de noisetiers ; traversons-
le, nous serons plus tôt rendus.

— Ne pourrai-je pas m'y asseoir?

— Oui, nous trouverons un tronc d'orme couché ; on y est très-bien assis, et les noisetiers
font de l'ombrage.

— Allons donc au bois de noisetiers, Laurent. »

Quand on fut au bois, et que le feuillage eut fait un rideau contre les ardeurs du soleil, la mère se reposa sur l'orme renversé et dit :

« Mes enfants assoyez-vous là un moment, à côté de moi, et nous allons causer. »

On se mit tout naturellement à parler de la chaumière de la Benoît, de ses filles, du jardin, de la vache, et surtout de la rieuse Joséphine. A tout ce que disaient les jeunes gens, la mère répondait seulement par quelques mots, qui devenaient de plus en plus rares. Enfin, elle inclina la tête, et ses yeux se fermèrent dans le plus doux sommeil. Alors l'isolement se fit autour de ces deux âmes, dont l'une était pleine de joie et d'espérance, l'autre si attristée.

Dans ce joli bois, rien ne passait que des hirondelles.

« Maman dort, dit Marie, avec la plus grande simplicité, parlons tout bas pour ne pas la réveiller. »

Laurent sentit que le moment était propice ; il fit un grand effort sur lui-même.

« Oui Marie, laissons-la dormir, aussi bien je voulais vous parler, mais à vous toute seule.

— Qu'est-ce que vous avez à me dire, Laurent?

— Non, au fait, rien....

— Comment rien?

— Je n'oserai jamais.

— Pourquoi donc? Vous n'avez pas besoin d'avoir peur.

— Oh! si! j'ai peur; bien peur!

— Voyons? qu'est-ce que c'est? allons, tout de suite?

— Vous avez entendu ce qu'a dit Joséphine?

— Oui Laurent. Eh bien? il n'y a pas de mal. Pourquoi craignez-vous d'en parler devant maman?

— Prenez garde! Oh! ne l'éveillez pas!

— Non, je ne l'éveillerai pas, car elle a confiance en vous, Laurent; elle me l'a dit encore ce matin. Oh! si ce n'était pas comme çà, je ne la laisserais pas dormir allez! Dites? Dites donc? Je vous promets de vous répondre, maman me l'a permis.

— J'ai trop peur.

— Mais c'est donc un secret?

— Oui, hélas! c'est mon secret! un affreux secret!

— Personne ne le sait sur la terre?

— Personne, excepté madame la marquise, qui me l'a toujours gardé.

— Je vous le garderai aussi, moi.

— Il faut donc que je vous le dise?

— Oui.

— Marie, vous savez bien ce que je voudrais?...

il y a longtemps que vous le voyez. Mais malheureusement, c'est impossible, parce que si vous connaissiez ce secret, vous ne voudriez plus, vous ! »

Laurent ne pouvait plus parler. Marie le regardait avec inquiétude, et les hirondelles qui passaient étaient les seuls témoins de cette étrange scène.

Il tira de sa poche un vieux portefeuille, l'ouvrit et le remit, les yeux baissés, à la jeune fille de plus en plus étonnée.

— Qu'est cela? Une de mes trois belles enveloppes? et dedans, la petite lettre que j'ai écrite à la marquise quand j'étais enfant? Comment cela se fait-il?

— Cette lettre, elle est à moi.

— A vous?

— Oui, elle m'a été donnée.

— Pourquoi la marquise vous l'a-t-elle donnée?

— Ah! Pourquoi?... Ne me regardez pas, Marie; tournez un peu la tête; j'ai si peur?

— Mais n'ayez donc pas peur!

Elle détourna la tête et regarda, sans les voir, les hirondelles qui passaient.

— Marie, vous m'avez sauvé quand vous aviez neuf ans....

— Sauvé de quoi?

— Du mal.

— Ah! Tant mieux! Mais comment le bon Dieu a-t-il pu se servir de moi? »

Le pauvre garçon baissa la tête et se mit à parler si bas qu'à peine elle entendait.

« C'était un soir.... vous aviez neuf ans et j'en avais dix-sept. J'arrivais du pays, j'étais bien pauvre! Ma mère était malade de chagrin; on allait vendre la maison pour payer des dettes.

— Ah! quel malheur!

— Il lui fallait tout de suite un billet de cent francs. La marquise en avait mis un, devant moi, dans une enveloppe qu'elle avait enfermée dans le petit tiroir de son bureau, à gauche...

— Oui, je sais.... mais pourquoi tremblez-vous?

— J'ai trop peur.

— Peur de qui?

— De vous!

— Oh! Laurent, je vous le dis devant le bon Dieu, qui seul nous voit, maman vous aime bien! Oh oui! elle vous aime bien! N'ayez donc pas peur et parlez-moi.

— C'était le jour où vous aviez écrit à la marquise, et ce billet de cent francs, je l'ai su depuis, vous était destiné. Mais voilà que.... moi, j'ai écouté le diable qui me tentait. Alors je suis entré le soir dans le boudoir bleu; il n'y avait personne.... Alors.... Non je ne pourrai jamais....

Il tira de sa poche un vieux portefeuille.

— Assez, assez, Laurent, j'ai compris ; ne dites pas un mot de plus !

— Voyez-vous ? je vous fais horreur ? je savais bien ! Ah ! quel secret !.... »

Marie était toute pâle. Elle fit quelques questions, non sur l'acte même, mais sur la manière dont la lettre était tombée en la possession de Laurent ; et comme le coupable, après avoir répondu, jetait un profond soupir, ce fut à elle de dire bien vite :

« Prenez garde ! Oh ! ne l'éveillez pas. Laissons-la dormir ! »

Elle ne dit plus rien, mais elle ouvrit machinalement la lettre.

« Qui donc a versé cette larme sur mon nom ? demanda-t-elle tristement.

— C'est moi.

Comme aucun bruit ne troublait en ce moment le silence du bois, il entendit une larme tomber comme autrefois sur le nom de Marie. Ainsi ce nom se trouva entièrement effacé sous deux larmes : l'une de repentir, et l'autre d'innocence.

L'enfant pure était profondément touchée de l'aveu du pécheur. Elle concevait de lui une estime proportionnée à son courage, à sa délicatesse. Il attendait anxieux, tremblant. Tout à coup, elle rendit la lettre et le portefeuille à Laurent, par un mouvement brusque qui agita

le feuillage d'un noisetier, ombrageant le tronc
d'arbre.

« Oh! ne l'éveillez pas! dit-il avec un regard
suppliant.

— Si, si, éveillons-là.... Maman! »

La mère ouvrit les yeux.

« Maman, tu m'as permis de l'aimer; je l'aime
et je serai sa femme. »

La bonne mère sourit aux fiancés, et les hirondelles qui passaient gardèrent, elles aussi, le
secret de Laurent.

TABLE

18

LIBRAIRIE HACHETTE ET CIE

BOULEVARD SAINT-GERMAIN, 79, A PARIS

LE

JOURNAL DE LA JEUNESSE

NOUVEAU RECUEIL HEBDOMADAIRE ILLUSTRÉ

**Les six premières années (1873-1878) formant
douze beaux volumes grand in-8º et contenant plus de
. 3000 gravures sont en vente**

Ce nouveau recueil hebdomadaire est spécialement destiné aux jeunes gens et aux jeunes filles.

Il forme, chaque semaine, une livraison de seize pages imprimées sur deux colonnes, contenant environ 1200 lignes de texte, et de belles gravures d'après nos meilleurs artistes. La première partie est consacrée aux œuvres d'imagination, aux voyages; l'autre, à ces mille notions de science, d'art, d'industrie, qu'il est si utile de présenter à la jeunesse et qui l'intéressent d'autant plus qu'elles lui sont présentées avec tout l'attrait de l'actualité. La couverture elle-même forme tous les quinze jours un supplément consacré à des problèmes, des charades, des logogriphes, des questions historiques, fournissant aux lecteurs un sujet de recherches attrayantes et instructives. Les noms des auteurs des solutions sont publiés.

Les six premières années du *Journal de la Jeunesse* forment douze magnifiques volumes in-8º, très richement illustrés.

Ces volumes sont les livres les plus attrayants et les plus instructifs que l'on puisse mettre entre les mains de la jeunesse. Il suffira de jeter un coup d'œil sur le rapide énoncé des principaux articles qui les composent pour se convaincre que le *Journal de la Jeunesse* a fidèlement observé le programme qu'il s'était proposé.

EXTRAIT DES MATIÈRES CONTENUES DANS LES DOUZE PREMIERS VOLUMES

DU

JOURNAL DE LA JEUNESSE

par Mme Demoulin; la Belette, le Chat, l'Églantine, par Ch. Shiffer; l'Oiseau-Mouche, par Jeanne du Plessis; les Migrations des Oiseaux, par A. de Brévans, etc.

ASTRONOMIE. — La Planète Vénus, la Lune, la Comète, l'Histoire ancienne du Ciel, la distance du Soleil à la Terre, par A. Guillemin; la Lune rousse, par H. Norval; les Pierres qui tombent du ciel, Saturne, Neptune, Mars, par Albert Lévy.

INVENTIONS, DÉCOUVERTES. — Les Bateaux à vapeur de la Manche, par A. Guillemin; les Destructeurs des câbles, Impressions de voyage en ballon, le Professeur Charles, par G. Tissandier; le Pyrophone, le Gallium, par A. Lévy; un Fanal inextinguible, les Omnibus, le Chemin de fer du Pacifique, la Pendule mystérieuse, les Puits de gaz en Pensylvanie, le Verre, par P. Vincent; les Navires cuirassés, par Léon Renard; le Scaphandre, par H. Norval; le Tunnel de la Manche, par Et. Leroux.

CAUSERIES INDUSTRIELLES. — La Laine, le Coton, la Soie, le Lait, le Papier, le Télégraphe, la Photographie, le Tissage, par Eug. Muller; les Huiles de pétrole, par G. Tissandier; Comment se fait une aiguille, les Vendanges, Emploi de l'air comprimé, les Eaux de Paris, les Marbres de Carrare, le Crin végétal, par P. Vincent; les Fourrures, par Mme Loreau; les Bonbons, le Sel, le Café, le Cacao, le Houblon et la Bière, le Thé, par H. Norval; le Pain et son histoire, par l'oncle Anselme, etc.

ACTUALITÉS, CONTEMPORAINS, VARIÉTÉS. — Le Naufrage du *Northfleet*, Verguin, par Eug. Muller; les Ascensions du *Zénith*, par G. Tissandier; les Bohémiens, par L. Rousselet; Horace Greeley, par P. Vincent; l'Ouverture de la chasse, l'Exposition des races canines, par Th. Lally; l'Arc, l'Arbalète, par H. de la Blanchère; le Palais du Trocadéro, par Lucien d'Elne.

CONDITIONS ET MODE DE LA PUBLICATION

LE JOURNAL DE LA JEUNESSE paraît le samedi de chaque semaine. Le prix du numéro est de 40 centimes.

Chaque année de la publication forme deux beaux volumes in-8° richement illustrés.

Prix de chaque volume : broché, 10 fr.; cartonné en percaline rouge, tranches dorées, 13 fr.

PRIX DE L'ABONNEMENT
POUR PARIS ET LES DÉPARTEMENTS

Un an (2 volumes)	20 FRANCS
Six mois (1 volume)	10 —

NOTA. — Ces prix augmentent de 2 fr. pour l'année et de 1 fr. pour six mois pour les pays étrangers faisant partie de l'Union générale des postes.

Les abonnements ne se prennent que pour un an ou six mois, du 1er décembre et du 1er juin.

BIBLIOTHÈQUE ROSE ILLUSTRÉE

Format in-18 jésus, à 2 fr. 25 le volume

La reliure en percaline rouge se paye en sus : tranches jaspées, 1 fr.
tranches dorées, 1 fr. 25.

1re SÉRIE. — POUR LES ENFANTS DE 4 A 8 ANS.

Anonyme : *Chien et chat ;* 3e édit. 1 vol. traduit de l'anglais par Mme A. Dibarrart, avec 45 vignettes par E. Bayard.

— *Douze histoires pour les enfants de quatre à huit ans*, par une mère de famille ; 3e édit. 1 vol. avec 18 vignettes par Bertall.

— *Les enfants d'aujourd'hui*, par la même ; 3e édit. 1 vol. avec 40 vignettes par Bertall.

Carraud (Mme Z.) : *Historiettes véritables ;* 3e édit. 1 vol. avec 94 vignettes par Fath.

Fath (G.) : *La sagesse des enfants*, proverbes, avec 100 vignettes par l'auteur. 1 vol.

Laroque (Mme) : *Grands et petits.* 1 vol. avec 61 vignettes par Bertall.

Marcel (Mme J.) : *Histoire d'un cheval de bois ;* 2e édit. 1 vol. avec 20 vignettes par E. Bayard.

Pape-Carpantier (Mme) : *Histoires et leçons de choses pour les enfants ;* 9e édit. 1 vol. avec 85 vignettes.

Ouvrage couronné par l'Académie française.

Perrault, Mmes d'Aulnoy et Leprince de Beaumont : *Contes de fées.* 1 vol. avec 65 vignettes par Bertall, Forest, etc.

Porchat (L.) : *Contes merveilleux ;* 3e édit. 1 vol. avec 21 vignettes par Bertall.

Schmidt (le chanoine Ch. von) : 190 *Contes pour les enfants*, traduits de l'allemand par Van Hasselt ; 2e édition. 1 vol. avec 29 vignettes par Bertall.

Ségur (Mme la comtesse de) : *Nouveaux contes de fées ;* 4e édit. 1 vol. avec 46 vignettes par Gustave Doré et H. Didier.

2e SÉRIE. — POUR LES ENFANTS DE 8 A 14 ANS.

Achard (Amédée) : *Histoire de mes amis.* 1 vol. avec 20 vignettes par E. Bellecroix, A. Mesnel, etc.

Andersen : *Contes choisis*, traduits du danois par Soldi ; 4e édit. 1 vol. avec 40 vignettes par Bertall.

Anonyme : *Les fêtes d'enfants*, scènes et dialogues ; 4e édit. 1 vol. avec 41 vignettes par Foulquier.

Assollant (A.) : *Les aventures merveilleuses, mais authentiques du capitaine Corcoran ;* 3e édit. 2 vol. avec 50 vignettes par A. de Neuville.

Barrau (Th. H.) : *Amour filial ;* 4e édit. 1 vol. avec 41 vignettes par Ferogio.

Bawr (Mme de) : *Nouveaux contes ;* 4e édit. 1 vol. avec 40 vignettes par Bertall.

Ouvrage couronné par l'Académie française.

Belèze : *Jeux des adolescents ;* 4e édit. 1 vol. avec 140 vignettes.

Berquin : *Choix de petits drames et de contes ;* 2e édit. 1 vol. avec 36 vignettes par Foulquier, etc.

Berthet (Élie) : *L'enfant des bois ;* 4e édit. 1 vol. avec 64 vignettes.

Blanchère (de la) : *Les aventures de La Ramée et de ses trois Compagnons ;* 2e édit. 1 vol. avec 36 vignettes par E. Forest.

— *Oncle Tobie le pêcheur ;* 2e édition. 1 vol. avec 80 vignettes.

Boiteau (P.) : *Légendes* recueillies ou composées pour les enfants; 2e édit. 1 vol. avec 42 vignettes par Bertall.

Carraud (Mme Z.) : *La petite Jeanne ou le Devoir*; 6e édit. 1 vol. avec 21 vignettes par Forest.
> Ouvrage couronné par l'Académie française.
— *Les métamorphoses d'une goutte d'eau, suivies des Aventures d'une fourmi, des Guêpes*, etc.; 4e édit. 1 vol. avec 50 vign. par E. Bayard.
— *Les goûters de la grand'mère*; 3e édit. 1 vol. avec 18 vignettes par Bayard.

Castillon (A.) : *Les récréations physiques*; 3e édit. 1 vol. avec 36 vignettes par Castelli.
— *Les récréations chimiques*, 3e édit. 1 vol. avec 34 vignettes par Castelli.

Chabreul (Mme de) : *Jeux et exercices des jeunes filles*; 4e édit. 1 vol. contenant la musique des rondes et 50 vignettes par Faih.

Colet (Mme L.) : *Enfances célèbres*; 2e édit. 1 vol. avec 57 vignettes par Foulquier.

Contes anglais, traduits par Mme de Witt. 1 vol. avec 43 vignettes par Morin.

Edgeworth (Miss) : *Contes de l'adolescence*, traduits par Le François; 2e édition. 1 vol. 42 vignettes par Morin.
— *Contes de l'enfance*, traduits par le même. 1 vol. avec 27 vignettes par Foulquier.
— *Demain, suivi de Mourad le malheureux*; 2e édit. 1 vol. avec 55 vign. par Bertall.

Fénelon : *Fables*. 1 vol. avec 22 vignettes par Forest et E. Bayard.

Fleuriot (Mlle Zénaïde) : *Le petit chef de famille*; 3e édition. 1 vol. avec 51 vignettes par Castelli.
— *Plus tard, ou le jeune chef de famille*; 2e édit. 1 vol. avec 74 vignettes par Bayard.
— *En congé*; 3e édit. 1 vol. avec 61 vignettes par A. Marie.
— *Bigarrette*. 3e édit. 1 vol. avec 55 vignettes par A. Marie.
— *Un enfant gâté*; 2e édition. 1 vol. avec 48 vignettes par Ferdinandus.

Foë (de) : *La vie et les aventures de Robinson Crusoé*, traduites de l'anglais, édition abrégée. 1 vol. avec 40 vignettes.

Genlis (Mme de) : *Contes moraux.* 1 vol. avec 40 vignettes par Foulquier, etc.

Gouraud (Mlle Julie) : *Les enfants de la ferme*; 3e édit. 1 vol. avec 50 vignettes par E. Bayard.
— *Le Livre de maman*; 2e édit. 1 vol. avec 68 vignettes par E. Bayard.
— *Cécile ou la petite sœur*; 3e édit. 1 vol. avec 23 vignettes par Desandré.
— *Lettres de deux poupées*; 4e édit. 1 vol. avec 59 vignettes par Olivier.
— *Le petit colporteur*; 4e édit. 1 vol. avec 27 vignettes par A. de Neuville.
— *Les mémoires d'un petit garçon*; 5e édit. 1 vol. avec 86 vignettes par E. Bayard.
— *Les mémoires d'un caniche*; 4e édit. 1 vol. avec 75 vignettes par E. Bayard.
— *L'enfant du guide*; 3e édit. 1 vol. avec 60 vignettes par F. Bayard.
— *Petite et grande*; 2e édition. 1 vol. avec 48 vignettes par E. Bayard.
— *Les quatre pièces d'or*; 3e édit. 1 vol. avec 51 vignettes par E. Bayard.
— *Les deux enfants de Saint-Domingue*; 2e édit. 1 vol. avec 54 vign. par E. Bayard.
— *La petite maîtresse de maison*. 2e éd. 1 vol. avec 27 vignettes par A. Marie.
— *Les filles du professeur*; 2e édition. 1 vol. avec 36 vign. par Kauffmann.
— *La famille Harel.* 1 vol. avec 48 vignettes par Valnay et Ferdinandus.

Grimm (les frères) : *Contes choisis*, traduits de l'allemand par Fr. Baudry. 1 vol. avec 40 vignettes par Bertall.

Hauff : *La caravane*, traduit de l'allemand, par le même; 3e édit. 1 vol. avec 40 vignettes par Bertall.
— *L'auberge du Spessart*, traduit de l'allemand par le même; 3e édit. 1 vol. avec 61 vignettes par Bertall.

Hawthorne : *Le livre des merveilles*, traduit de l'anglais par L. Rabillon. 1re série, avec 20 vign. par Bertall. 1 vol. 2e série, avec 20 vign. par Bertall. 1 vol. Chaque série se vend séparément.

Hébel et Karl Simrock : *Contes allemands*, imités de Hébel et Karl Simrock, par N. Martin, 3e édit. 1 vol. avec 25 vignettes par Bertall.

Johnson (R. L.) : *Dans l'extrême Far West.* Aventures d'un émigrant dans la Colombie anglaise, traduites de l'anglais par A. Talandier; 2e édit. 1 vol. avec 20 vignettes par A. Marie.

Marcel (Mme Jeanne) : *L'école buis-sonnière;* 2e édit. 1 vol. avec 28 vi-gnettes par A. Marie.
— *Le bon frère;* 2e édit. 1 vol. avec 21 vignettes par E. Bayard.
— *Les petits vagabonds;* 2e édit. 1 vol. avec 25 vignettes par E. Bayard.

Maréchal (Mlle). *La dette de Ben-Aïssa;* 2e édition. 1 vol. avec 20 vign. par Bertall.
— *Nos petits camarades.* 1 vol. avec 18 vign. par Bayard, Castelli, etc.

Marmier : *L'arbre de Noël;* 2e édit. 1 vol. avec 60 vignettes par Bertall.

Mayne-Reid (le capitaine). Ouvrages traduits de l'anglais :
— *Les chasseurs de girafes,* traduit par H. Vattemare; 3e édit. 1 vol. avec 10 vignettes par A. de Neuville.
— *A fond de cale,* traduit par Mme H. Loreau; 3e édit. 1 vol. avec 12 vi-gnettes.
— *A la mer!* traduit par Mme H. Lo-reau; 5e édit. 1 vol. avec 12 vignettes.
— *Bruin,* ou *les chasseurs d'ours,* tra-duit par A. Letellier. 1 vol. avec 8 vignettes.
— *Le chasseur de plantes,* traduit par Mme H. Loreau. 1 vol. avec 12 vi-gnettes.
— *Les exilés dans la forêt,* traduit par Mme H. Loreau; 4e édit. 1 vol. avec 12 vignettes.
— *Les grimpeurs de rochers,* traduit par Mme H. Lorau. 1 vol. avec 20 vignettes.
— *Les peuples étranges,* traduit par Mme H. Loreau. 1 vol. avec 8 vi-gnettes.
— *Les vacances des jeunes Boërs,* tra-duit par Mme H. Lorau. 1 vol. avec 12 vignettes.
— *Les veillées de chasse,* traduit par H. B. Révoil. 1 vol. avec 43 vignettes par Freemann.
— *L'habitation du désert,* ou Aven-tures d'une famille perdue dans les solitudes de l'Amérique. Traduit par Le François. 1 vol. avec 24 vignettes par G. Doré.

Muller (Eugène). *Robinsonette;* 3e éd. 1 vol. avec 22 vignettes par Lix.

Peyronny (Mme de), née d'Isle : *Deux cœurs dévoués;* 3e édit. 1 vol. avec 53 vignettes par J. Devaux.
Les deux premières éditions ont paru sous le titre de : *Histoire de deux âmes.*

Pitray (Mme la vicomtesse de) : *Les enfants des Tuileries;* 3e édit. 1 vol. avec 57 vignettes par Bayard.
— *Les débuts du gros Philéas;* 2e édit. 1 vol. avec 17 vignettes par Castelli.
— *Le château de la Pétaudière;* 2e édit. 1 vol. avec 78 vign. par A. Marie.

Rendu (V.) : *Mœurs pittoresques des insectes.* 1 vol. avec 49 vignettes.
Ouvrage couronné par la Société pour l'instruction élémentaire.

Sandras (Mme) : *Mémoires d'un lapin blanc;* 3e édit. 1 vol. avec 20 vi-gnettes par E. Bayard.
Ouvrage couronné par la Société pour l'instruction élémentaire.

Sannois (Mme la comtesse de) : *Les soirées à la maison;* 2e édit. 1 vol. avec 42 vignettes par E. Bayard.

Ségur (Mme la comtesse de) : *Après la pluie le beau temps;* 2e édit. 1 vol. avec 128 vignettes par E. Bayard.
— *Le mauvais génie;* 3e édit. 1 vol. avec 90 vignettes par E. Bayard.
— *Comédies et proverbes;* 6e édit. 1 vol. avec 60 vignettes par E. Bayard.
— *Diloy le chemineau;* 4e édit. 1 vol. avec 90 vignettes par H. Castelli.
— *François le bossu;* 5e édit. 1 vol. avec 114 vignettes par E. Bayard.
— *Jean qui grogne et Jean qui rit;* 6e édit. 1 vol. avec 70 vignettes par Castelli.
— *La fortune de Gaspard;* 5e édit. 1 vol. avec 32 vignettes par Gerlier.
— *La sœur de Gribouille;* 6e édit. 1 vol. avec 72 vignettes par Castelli.
— *L'auberge de l'ange gardien;* 10e édi-tion. 2 vol. avec 71 vignettes par Foulquier.
— *Le général Dourakine;* 9e édit. 1 vol. avec 100 vign. par E. Bayard.
— *Les bons enfants;* 7e édit. 1 vol. avec 70 vignettes par Fcrogio.
— *Les deux nigauds;* 8e édit. 1 vol. avec 76 vignettes par Castelli.
— *Les malheurs de Sophie;* 11e édit. 1 vol. avec 48 vignettes par Castelli.
— *Les petites filles modèles;* 8e édit. 1 vol. avec 21 grandes vignettes par Bertall.
— *Les vacances;* 6e édit. 1 vol. avec 36 vignettes par Bertall.
— *Mémoires d'un âne;* 9e édit. 1 vol. avec 75 vignettes par Castelli.
— *Pauvre Blaise;* 3e édit. 1 vol. avec 63 vignettes par Castelli.

— *Quel amour d'enfant!* 5e édit. 1 vol.
avec 79 vignettes par E. Bayard.
— *Un bon petit diable :* 7e édit. 1 vol.
avec 100 vignettes par Castelli.
Stolz (Mme de) : *La maison roulante;*
4e édit. 1 vol. avec 20 vignettes sur
bois par E. Bayard.
— *Le trésor de Nanette;* 3e édition.
1 vol. avec 25 vignettes par E.
Bayard.
— *Blanche et noire;* 3e édit. 1 vol.
avec 54 vignettes par E. Bayard.
— *Par-dessus la haie;* 3e édit. 1 vol.
avec 6 vignettes par A. Marie.
— *Les poches de mon oncle;* 2e édit.
1 vol. avec 20 vignettes par Bertall.
— *Les vacances d'un grand-père;* 2e éd.
1 vol. avec 40 vign. par J. Delafosse.
— *Quatorze jours de bonheur;* 2e édit.
1 vol. avec 55 vignettes par Bertall.
— *Le Vieux de la Forêt ;* 2e édit. 1 vol.
avec 40 vignettes.

Switt : *Voyages de Gulliver à Lilli-
put, à Brobdingnay et au pays des
Hanyhnhums ;* traduits de l'anglais et
abrégés à l'usage des enfants. 1 vol.
avec 75 vignettes.

Taulier (Jules) : *Les deux petits Ro-
binsons de la Grande-Chartreuse ;*
4e édit. 1 vol. avec 69 vignettes par
E. Bayard et Hubert Clerget.

Tournier : *Les premiers chants ;* poé-
sies à l'usage de la jeunesse, avec
20 vignettes par Gustave Roux.

Vimont (Ch) : *Histoire d'un navire ;*
6e édit. 1 vol. avec 40 vignettes par
Alex. Vimont.

Witt, née Guizot (Mme de) : *Enfants
et parents ;* 2e édit. un vol. avec 34 vignettes par A. de Neuville.
— *La petite fille aux grand'mères;* 2e édition. 1 vol. avec 36 vign. par Beau.

3e SÉRIE. — POUR LES ADOLESCENTS

ET POUVANT FORMER UNE BIBLIOTHÈQUE POUR LES JEUNES FILLES DE 14 A 18 ANS.

VOYAGES

Agassiz (Mr. et Mme) : *Voyage au Bré-
sil;* traduit de l'anglais par Vogell et
abrégé par J. Belin de Launay. 1 vol.
avec 10 gravures et une carte.

Aunet (Mme L. d') : *Voyage d'une
femme au Spitzberg ;* 4e édit. 1 vol.
avec 34 gravures.

Baines (Th.) : *Voyage dans le sud-
ouest de l'Afrique ;* traduits et abrégés par J. Belin de Launay; 2e édit.
1 vol. avec 1 carte et 22 gravures.

Baker (S.W.) : *Le lac Albert;* 2e édit.
Nouveau voyage aux sources du Nil.
1 vol. abrégé sur la traduction de
Gustave Masson par J. Belin de Launay, avec 16 vignettes et 1 carte.

Baldwin : *Du Natal au Zambèze,*
181-1866. Récits de chasse. Traduits
par Mme Henriette Loreau et abrégés par J. Belin de Launay ; 2e édit.
1 vol. avec 24 gravures et 1 carte.

Burton (Le capitaine) : *Voyages à La
Mecque, aux grands lacs d'Afrique
et chez les Mormons,* abrégés par J.
Belin de Launay. 1 vol. avec 12 gravures et 3 cartes.

Catlin : *La vie chez les Indiens,* traduit de l'anglais ; 4e édit. 1 vol. avec
25 gravures.

Fonvielle (W. de) : *Le Glaçon du Po-
laris.* Aventures du capitaine Tyson,
2e édit. 1 vol. avec 19 grav. et 1 carte.

Hayes (Dr J.-J.) : *La mer libre du
pôle.* Traduction de M. F. de Lanoye.
1 vol. avec 14 gravures et 1 carte.

Hervé et de Lanoye : *Voyage dans
les glaces du pôle arctique ;* 4e édit.
1 vol. avec 40 gravures.

Lanoye (Ferd. de) : *Le Nil et ses
sources ;* 3e édit. 1 vol. avec 32 gravures et cartes.
— *Ramsès-le-Grand,* ou *l'Égypte il y a
trois mille trois cents ans ;* 2e édition.
1 vol. avec 39 vignettes par Lancelot,
Bayard, etc.
— *La Sibérie;* 2e édition. 1 vol. avec
48 vignettes par Lebreton, etc.
— *Les grandes scènes de la nature ;*
3e édit. 1 vol. avec 40 gravures.
— *La mer polaire,* voyage de l'*Erèbe*
et de la *Terreur,* et expédition à la
recherche de Franklin ; 3e édit. 1 vol.
avec 29 gravures et des cartes.

Livingstone (David et Charles) : *Explorations dans l'Afrique australe*, abrégées par J. Belin de Launay. 1 vol. avec 20 gravures et 1 carte.

Mage (L.) : *Voyage dans le Soudan occidental*, abrégé par J. Belin de Launay. 2ᵉ édit. 1 vol. avec 16 gravures et 1 carte.

Milton et Cheadle : *Voyage de l'Atlantique au Pacifique*, traduit et abrégé par J. Belin de Launay. 1 vol. avec 16 gravures et 2 cartes.

Mouhot (Henri) : *Voyages dans les royaumes de Siam, de Cambodge et de Laos*, relation extraite du Journal de l'auteur, par F. de Lanoye. 1 vol. avec 28 gravures et 1 carte.

Palgrave (W.G.) : *Une année dans l'Arabie centrale*, traduction abrégée par J. Belin de Launay, avec 12 gravures et une carte. 1 vol.

Perron d'Arc : *Aventures d'un voyageur en Australie; neuf mois de séjour chez les Nagarnooks ;* 2ᵉ édit. 1 vol. avec 24 vignettes par Lix.

Pfeiffer (Mme Ida) : *Voyages autour du monde;* abrégés par J. Belin de Launay; 2 édit. 1 vol. avec 17 gravures et 1 carte.

Piotrowski : *Souvenirs d'un Sibérien ;* 2 édit. 1 vol. avec 10 gravures.

Schweinfurth (G.) : *Au cœur de l'Afrique* (1866-1871). Traduction de Mme H. Loreau; abrégée par J. Belin de Launay. 1 vol. avec 16 vignettes et 1 carte.

Speke : *Les sources du Nil*, édition abrégée par J. Belin de Launay des Voyages de Speke et de Grant ; 3ᵉ éd. 1 vol. avec 24 gravures et 3 cartes.

Stanley : *Comment j'ai retrouvé Livingstone*. Traduction de Mme Loreau, abrégée par J. Belin de Launay. 1 vol. avec 16 vignettes et 1 carte.

Vambéry (A.) : *Voyages d'un faux derviche dans l'Asie centrale*, traduits de l'anglais par E. D. Forgues et abrégés par J. Belin de Launay ; 2 édit. 1 vol. avec 18 gravures et 1 carte.

HISTOIRE

Le loyal serviteur : *Histoire du gentil seigneur de Bayard*, revue et abrégée, à l'usage de la jeunesse, par Alph. Feillet ; 2ᵉ édit. 1 vol. avec 36 vignettes par P. Sellier.

Monnier (Marc) : *Pompéi et les Pompéiens ;* 3ᵉ édit. à l'usage de la jeunesse. 1 vol. avec 22 vignettes par Thérond.

Plutarque : *Vie des Grecs illustres*, édition abrégée par Alph. Feillet sur la traduction de M. E. Talbot ; 2ᵉ édit. 1 vol. avec 53 vignettes par P. Sellier.

— *Vie des Romains illustres*, édition abrégée par A. Feillet sur la traduction de M. Talbot. 1 vol. avec 69 vignettes par P. Sellier.

Retz (cardinal de) : *Mémoires*, abrégés par Alph. Feillet, avec 35 vignettes par Gilbert, etc. 1 vol.

LITTÉRATURE

Bernardin de Saint-Pierre : *Œuvres choisies*. 1 vol. avec 12 vignettes par E. Bayard.

Cervantès : *Histoire de l'admirable don Quichotte de la Manche;* édition à l'usage de la jeunesse. 1 vol. avec 64 vignettes par Bertall et Forest.

Homère : *L'Iliade et l'Odyssée*, traduites par P. Giguet et abrégées par Alph. Feillet. 1 vol. avec 33 vignettes par Olivier.

Le Sage : *Aventures de Gil Blas,* édition à l'usage de la jeunesse. 3 vol. avec 50 vignettes par Leroux.

Mac-Intosch (Miss) : *Contes américains*, traduits par Mme Dionis. 2 vol. avec 120 vignettes par E. Bayard.

Maistre (Xavier de) : *Œuvres choisies*. 1 vol. avec 15 vignettes par E. Bayard.

Molière : *Œuvres choisies*, abrégées à l'usage de la jeunesse. 2 vol. avec 22 vignettes par Hilemacher.

Virgile : *Œuvres choisies*, traduites et abrégées à l'usage de la jeunesse, par Th. Barrau et Alph. Feillet. 1 vol. avec 20 vignettes par P. Sellier.

Paris. — Impr. E. Capiomont et V. Renault, rue des Poitevins, 6.

PARIS. — TYPOGRAPHIE LAHURE

Rue de Fleurus, 9

21954. — Typographie Lahure, rue de Fleurus, 9, à Paris.

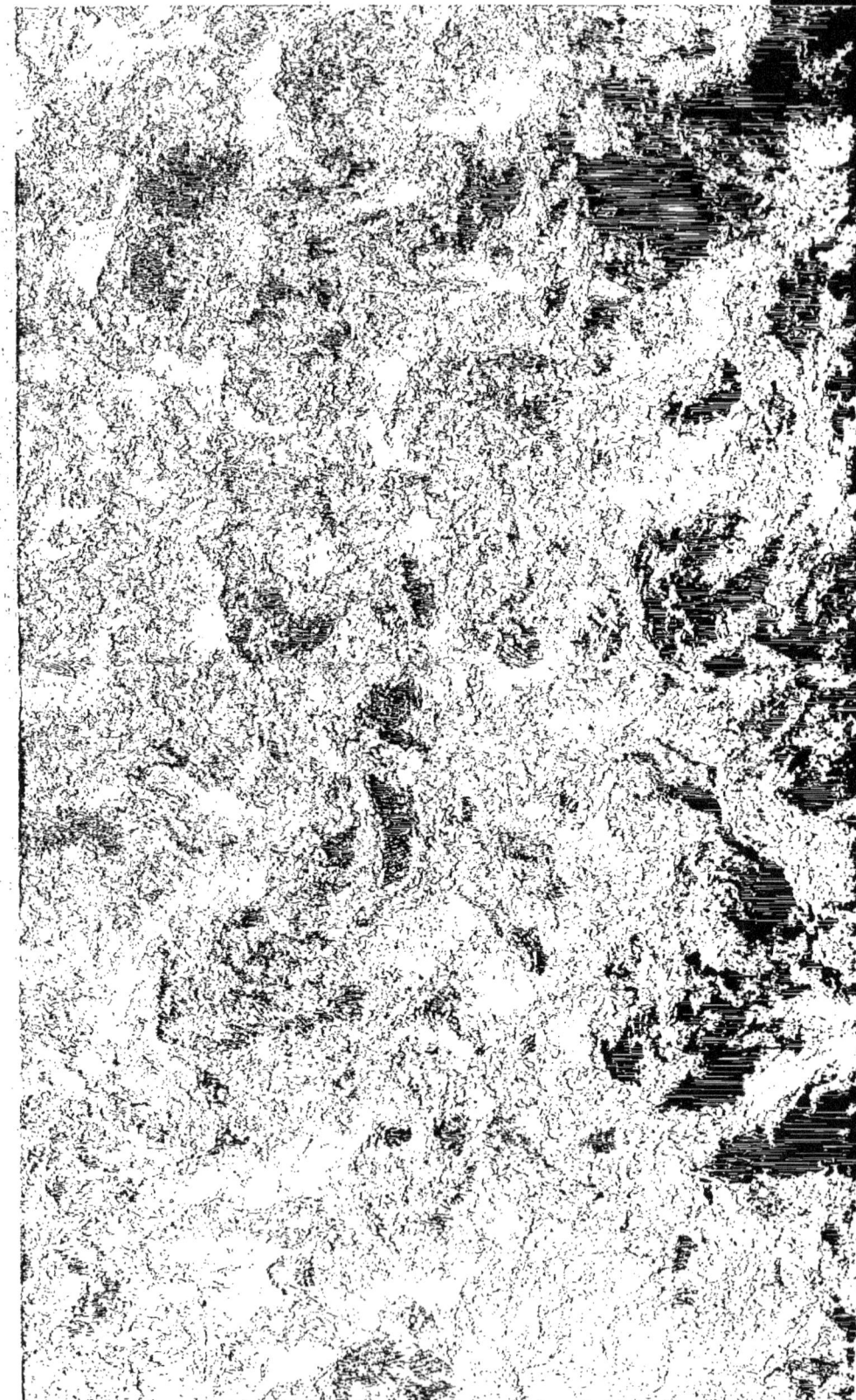

www.ingramcontent.com/pod-product-compliance
Lightning Source LLC
Chambersburg PA
CBHW072115020726
47501CB00003B/839